압둘라와의 일주일

압둘라와의
일주일

초판 1쇄 발행 2015년 9월 1일

지 은 이 서상우
발 행 인 권선복
편집주간 김정웅
편 집 정희철
디 자 인 김소영
전 자 책 신미경
마 케 팅 정희철
발 행 처 도서출판 행복에너지
출판등록 제315-2011-000035호
주 소 (157-010) 서울특별시 강서구 화곡로 232
전 화 0505-613-6133
팩 스 0303-0799-1560
홈페이지 www.happybook.or.kr
이 메 일 ksbdata@daum.net

값 13,500원

ISBN 979-11-5602-278-7   03810

압둘라와의 일주일

서상우 지음

인문학적 고찰과 성찰, 현대인의 잿빛 삶에 드리우는 환한 깨달음을 담은 소설

도서
출판 행복에너지

압둘라와의 만남

딩동!

초인종 소리가 울렸다. 찾아올 사람이 없는 집에 초인종 소리는 낯설게까지 느껴졌다. 나는 의아해하며 현관문을 열었다. 문 앞에는 한 남자가 무뚝뚝한 표정으로 서 있었다.

"누구세요?"

그는 나의 질문에는 관심이 없다는 듯 나를 옆으로 살짝 밀치고는 집안으로 들어왔다. 그리고는 익숙한 듯 신발과 외투를 벗어 놓고 이내 거실 소파에 자리 잡고 앉아 버렸다. 나는 그의 행동이 어이없고 당혹스러워 쫓아 들어오며 말했다.

"아니, 누구신데 갑자기······."

"커피부터 한 잔 다오."

그는 나의 질문 따위에는 아랑곳하지 않으며 자신의 요구 사항을 말했다. 나는 너무 당황스러워 말조차 잘 나오지 않았다. 그가 누구인지, 왜 여길 찾아왔는지, 어떻게 이렇게 무례하게 굴 수 있는지 이해할 수가 없었다. 물어볼 것이 자꾸 쌓여 갔지만 지금 상황이 너무 당황스러워 질문은 머릿속에서만 맴돌고 있었다.

"일단 커피부터 한 잔 가져오거라. 네가 궁금해하는 것에 대해서 전부 말해주마."

"네······. 그러죠."

그가 내게 위해를 가할 사람으로는 보이지 않았기에 목구 멍까지 올라온 질문들을 꾹꾹 누른 채 일단 커피부터 타 오 기로 했다. 주방으로 돌아가 커피를 타면서도 힐끔힐끔 그 를 쳐다봤다. 혹여 그가 이상한 행동을 하진 않는지, 낯이 익은 얼굴은 아닌지를 살폈다. 난 서둘러 커피를 타 컵을 들고 다시 그에게 돌아갔다.

"여기요."

"음, 좋군."

그는 커피 향을 음미하며 미소를 지었다. 나는 그가 앉은
소파 옆에 앉으며 물었다.

"커피는 드렸으니 말씀해 보시죠. 당신은 누구십니까?"

그는 나의 질문에는 아랑곳없다는 듯 커피 향을 천천히
음미했고, 커피를 한 모금 마신 뒤에야 입을 열었다.

"나는 압둘라다."

"……."

당당하다 못해 뻔뻔하기까지 한 그의 대답에 나는 머리를
신경질적으로 긁적이며 다시 물었다.

"네, 그래요. 압둘라 씨. 여긴 어떻게 오신 거죠? 왜 여기
오신 건가요?"

"그냥, 압둘라라고 부르도록 해라. 나와 너는 같은 높이에
있으니. 나는 너의 부름을 받고 여기에 왔다."

"제가 불렀다고요?"

압둘라는 고개를 끄덕이며 말을 이었다.

"그렇다. 나는 너의 오랜 질문에 답하기 위해 여기 이곳에
왔다. 너와의 약속을 지키기 위해서."
"약속이요?"

압둘라는 고개를 끄덕이며 커피를 다시 입에 가져갔다.

"우리가……전에 만난 적이……있었던가요?"

압둘라는 커피를 내려놓고는 나를 바라보았다.

"우리는 오랜 시간을 돌아왔다. 나는 너의 오래된 질문들
에 대해 이미 알고 있다. 그리고 이제 그 질문들에 답해주
기 위해 이곳에 왔다. 이렇게 너를 직접 찾아왔다. 나는 지
금부터 6일간 너의 질문에 답할 것이다. 그리고 7일째 되는
날, 우리는 깨어날 것이다. 신이 세상을 창조한 것처럼. 우
리 역시 일주일이 되는 날, 그렇게 다시 태어나게 될 것이
다."

"당신이 그걸 어떻게 알고 있죠? 내가 오랜 시간 품어온 질문들을 어떻게 아느냔 말입니다."

압둘라는 눈을 지그시 감았다.

"너는 지금 그 모든 것을 알려고 하지 않아도 된다. 중요한 것은 너의 질문에 답하기 위해 지금 여기에 내가 찾아왔다는 것이다. 모든 것은 시간이 지나면 알게 될 것이다. 시간이 가져가는 것도, 가져오는 것도 있기 마련이니 말이다. 너는 놀라지도, 두려워하지 않아도 된다. 그저 오랜 너의 질문들을 꺼내 놓아라. 이제 나는 오랜 너의 질문에 답할 것이며, 너와의 약속을 지킬 것이다. 스스로 질문들의 무게를 측정할 필요도 없다. 질문에 가볍고 무거운 것 따위는 없으니. 그저 내가 이 공간에 머무는 시간 동안 궁금한 모든 것을 물어보아라."

나는 압둘라의 말을 이해할 순 없었지만 분명한 건 그가 뭔가를 알고 나를 찾아온 것은 확실하다는 것이었다. 누구에게서 어떤 식으로 나에 대해서 알게 된 건지 알 수는 없었지만, 그는 나의 오랜 갈증에 대해 알고 있음이 분명했다. 그런 생각이 들자 여전히 상황 파악이 되지는 않았지만 어느 정도 경계심이 풀어지기 시작했다.

'나의 오랜 질문들에 대해 알고 있다고? 그 질문들에 답해
줄 거란 말이지?'

나는 이제 경계심보다는 그가 하는 말들에 대한 진실을
시험해 보고 싶단 생각이 더 커졌다. 내게는 오랜 시간 알
고 싶어 했던 질문들이 분명 존재했기 때문이었다. 아무리
책을 읽어 보고, 누군가에게 물어봐도 속 시원히 풀지 못했
던 질문들이.
이제 그가 누구이며 왜 나를 찾아왔는지 따윈 아무래도
좋았다. 그가 날 해칠 것 같진 않았고, 그는 나의 질문들을
이미 알고 있다고 했다. 이제 나의 관심사는 오로지 그가
정말 나의 오랜 질문에 답을 해줄 수 있는지에 쏠리기 시작
했다. 나는 의미심장한 표정으로 그를 바라보며 이렇게 물
었다.

"우리는 왜 존재합니까?"

목차

압둘라와의

일 주 일

하루

존재의 비밀

태초에 하나님이 천지를 창조하시니라

땅이 혼돈하고 공허하며 흑암이 깊음 위에 있고
하나님의 신은 수면에 운행하시니라

하나님이 가라사대 빛이 있으라 하시매 빛이 있었고

빛이 하나님이 보시기에 좋았더라
하나님이 빛과 어두움을 나누사

하나님이 빛을 낮이라 부르시고 어두움을 밤이라 부르시니라
저녁이 되며 아침이 되니 이는 첫째 날이니라

(창세기 1:1~5)

유난히 바빴던 하루를 보내고 집으로 돌아온 나는 곧장
방으로 들어가 힘겹게 가방을 내려다 놓았다.

　"하아……."

　긴 한숨을 내쉬며 몸을 던지듯 침대에 눕고는 조금만 쉬
고 씻어야겠다는 생각에 잠시 눈을 감았다.

　"……헉!"

　잠시만 쉬려 했는데 나도 모르는 사이 잠이 들 뻔하자 깜
짝 놀라 몸을 다시 일으켰다. 몸은 천근만근이었지만 그래
도 씻고 편하게 자야겠단 생각에 옷을 정리하고 씻으러 갈
준비를 하기 시작했다.
　서둘러 잠옷으로 갈아입고 욕실로 향하다 창밖에서 비쳐
들어오는 달빛에 나도 모르게 시선을 창가로 돌렸다. 유난
히 밝은 달빛에 뭔가 이끌리듯 창가로 다가가 밤하늘을 슬
쩍 올려다보았다. 하늘엔 구름 한 점 없어 수많은 별들이

선명하게 보였다.

그렇게 화려하게 수놓은 달과 별의 장관에 넋이 나가 바라보고 있는 바로 그때, 한쪽 밤하늘에서 별똥별이 하나 떨어졌다. 떨어지는 별똥별에 나지막이 감탄을 하며 바라보고 있자 순간 잊고 지냈던 기억이 갑자기 떠오르기 시작했다.

"압둘라……."

"우리는 왜 존재합니까?"

나의 뜬금없는 질문에도 압둘라는 전혀 당황하지 않았다. 오히려 여유롭게 손에 들고 있던 커피를 한 모금 마시며 천천히 나의 질문에 답하기 시작했다.

"너희가 존재한다는 것은 여러 의미가 있지만 네가 묻는 의도를 알고 있으니 굳이 돌아가진 않겠다. 너희가 이 땅에 존재하는 것은 너희의 바람이었다."

"바람이요?"

"그렇다. 너희가 이 땅에 육체를 가지고 태어난 것을 얘기하자면 아주아주 오래전으로 거슬러 올라가야 한다."

"우리가 육체를 가지고 태어났다는 식으로 말씀하시는 것은 우리가 육체를 가지기 전에는 다른 형태로 존재하고 있었다는 걸 의미하는 건가요?"

"존재는 하고 있었다. 단지 아직 인간이라고 부르기 전이었다고 말해야겠지."

"……그게 무슨 말이죠?"

"너희는 사랑이다. 사랑 그 자체이지. 육체이기 전에 너희는 그저 사랑일 뿐이었다. 하지만 너희는 자신이 사랑임을 증명하기 위해 체험을 필요로 했다."

"……네?"

내가 무슨 소리냐는 제스처를 보내자 압둘라는 지그시 눈을 감으며 말했다.

"알기 쉽게 비유를 해서 이야기해주마. 태초에 빛 이외에 아무것도 존재하지 않던 시간이 있었다. 온 우주에는 오직 빛만이 존재할 뿐, 그 외에는 그 무엇도 존재하지 않았다. 그렇게 온 우주가 빛으로만 존재하고 있을 무렵, 어느 날 빛은 이런 생각을 하기 시작했다. '나는 무엇일까?'라는 생각을."

"왜 그런 생각을 한 거죠?"

"만약 네가 태어나서 단 한 번도 누군가로부터 네 이름을 듣지 못했다면 너는 네가 누구인지 알 수 있었겠느냐? 빛도 마찬가지였다. 빛 말고는 아무것도 존재하고 있지 않으니 빛은 자신이 빛인 걸 알 수 없었던 것이지."

"아……."

내가 납득한 것 같이 보이자 압둘라는 말을 이어갔다.

"빛은 점점 그런 생각에 잠겨 있는 날이 많아지게 됐는데, 그러던 어느 날 빛은 신에게 이렇게 물었다. '신이시여, 저는 무엇입니까?' 그러자 신은 빛에게 이렇게 답해주셨다. '너는 빛이란다.' 빛은 신이 자신을 빛이라 말해주자 더 신을 향해 간청했다. '신이시여, 제가 빛임을 알 수 있게 하소서!' 하면서 말이다."

"왜 그런 거죠? 신이 친히 빛이라고 말해주기까지 했는데……."

"자신밖에 없는 세상에서 자신이 어떤 존재인지는 알 수 없지 않겠느냐? 그저 자신의 이름이 빛이란 것만 알았을 뿐, 빛이 무엇인지, 왜 빛이라 불리는지는 알 수 없는 것이지.”

“음……. 그래서 신은 어떻게 하셨나요?”

“빛의 간곡한 기도에 신은 빛에게 이렇게 말씀하셨다. ‘빛이여, 네가 빛임을 알기 위해서는 너의 일부를 어둠으로 만들어야 한다. 그렇게 해서라도 네가 빛임을 알려 하느냐?’”

“상대성이군요. 어두워야 밝음을 알 수 있으니 말이죠?”

“그렇다. 빛 자신이 빛인 걸 알게 하기 위해선 어둠이 필요했다. 그리고 빛은 자신의 일부를 어둠으로 만들어서라도 자신이 빛인 걸 알고 싶어 했다. 그래서 그리 해달라고 빛은 신께 간절히 기도했다. 신은 빛의 부탁이 너무 슬펐지만 빛의 간곡한 기도를 외면할 수는 없었다. 그래서 결국 신은 빛의 기도를 들어주기로 하셨고, 신은 빛의 일부를 어둠으로 만드셨다. 그리고 그제야 빛은 어둠이란 것을 느낄 수 있었고, 그와 동시에 드디어 자신이 빛이란 존재인 것도 알 수 있게 되었다.”

“아아, 잘됐네요.”

“아니, 오히려 그 반대였다. 빛은 자신의 일부가 어둠이 되고서야 자신이 빛인 걸 깨닫고는 신에게 이렇게 물었다. ‘신이시여, 왜 저를 버리셨나이까?’”

나는 이해가 안 된다는 표정으로 물었다.

"……아니, 왜? 자신이 빛인 걸 알게 해달라고 한 거잖아
요."

"……너희는 모두 그렇게 이 땅에 태어났다."

"예에? 우리 인간들이 그렇게 해서 태어난 것이라고요?
무슨 말인지 모르겠습니다만……."

"빛은 사랑이다. 그리고 어둠은 두려움이다. 너희는 원래
사랑 그 자체이자 신의 일부였다. 하지만 사랑을 알고 싶어
스스로 자신의 일부를 두려움으로 만들었고 그 두려움을 안
고 이 땅에 태어났다. 너희는 계속해서 자신이 누구인지를
알기 원했다. 그리고 급기야 자신의 일부를 두려움으로 만
들기까지 했다. 하지만 그럼에도 너희는 그것에 만족하지
않고 너희 자신이 사랑임을 증명하려 했다. 그래서 너희는
이 땅에서 사랑을 증명하기 위해 육체를 가지고 태어나는
길을 선택했다. 스스로가 사랑임을 증명하기 위해서 말이
다."

"이거 참……. 흥미롭긴 하네요. 그저 원숭이가 진화해서
인간이 됐다는 얘기 정도가 나올 줄 알았는데……. 이건 참
신선하면서도 충격적인 얘기네요."

나의 비꼬는 듯한 반응에도 압둘라는 아무렇지 않은 듯
계속해서 말을 이었다.

　"너희는 사랑 그 자체다. 너희가 사랑이 아닐 수는 없다.
너희는 그 자체가 사랑이기 때문에 어떻게 하더라도 너희
가 사랑을 벗어날 수는 없다. 그리고 너희 모두는 살아 있
는 동안 자신의 사랑을 증명해야 한다. 어떤 모습으로든 어
떤 방식으로든 말이다."

　"……받아들이기 힘든 말씀을 하시네요."

　"너희는 너희 자신이 사랑임을 알기 위해 두려움을 안고
이 땅에 태어났다. 하지만 태어나는 것만으로는 부족했다.
무엇을 알기 위해서는 체험이 필요했기 때문이지. 뜨거움이
존재하기 위해서는 차가움이 있어야겠지. 하지만 뜨거움과
차가움이 존재하는 것만으로는 충분히 자신을 알 수 없었
다. 뜨거운 것과 차가운 것도 만져 봐야만 그 차이를 알 수
있듯이 말이다.

　빛은 자신을 분리시켜 사랑에 대한 체험을 하기로 했다.
다른 환경과 다른 방식으로 사랑을 체험하기 위해서, 사랑
임을 깨닫기 위해서 그렇게 했다. 그래서 각자의 육체를 가
지고 이 땅에 태어난 것이다. 이 땅에서 계속 자신의 사랑
을 증명해나가기 위해 말이다."

"······하지만 대부분의 사람들은 그렇게 하고 있지 않는 거 같은데요?"

"너희는 알게 모르게 이미 모두 그러한 삶을 살고 있다. 부모가 자식을 사랑하고, 선생이 제자를 사랑하고, 남녀가 서로 사랑하고, 때론 모르는 누군가를 사랑하기도 한다. 너희가 사랑이 아닐 수는 없다. 어떤 식으로든 너희는 너희의 삶으로 자신의 사랑을 보여 주게 된다. 아니, 보여 줄 수밖에 없다. 너희가 보기에 그게 사랑이 아닌 것 같아 보이는 것조차도 그 안에는 언제나 사랑이 내포되어 있다."

"그러면 왜 사람들마다 수명이 다른 거죠? 그렇게 사랑을 증명하기 위해 태어난 것이라면 똑같이 그럴 만한 시간이 주어져야 하는 거 아닌가요?"

"사람마다 수명이 다른 근본적인 이유는 사랑을 증명하기 위한 모든 체험이 동일한 시간을 필요로 하지 않기 때문이다. 영혼이 육체를 떠나는 것은 영혼이 그 육체로는 더 이상 이 땅에서 사랑을 입증할 것이 없다고 판단한 것이다."

"······네?"

"너희의 사랑, 즉 영혼은 언제나 사랑을 체험하길 바란다. 하지만 영혼이 판단하기에 이 육체로 사랑을 증명하는 일을 이미 충분히 이뤘다는 생각이 들기 시작하면 영혼은 육체를 떠나려고 한다. 또 다른 사랑을 증명하기 위해 말이지."

"그러면 아기들은요? 아직 그 무엇을 해보기도 전에 사고나 병으로 일찍 죽는 경우도 있잖아요."

"너는 예수에 대해 알고 있느냐?"

"당연히 압니다."

"예수는 스스로 십자가에 매달려 못 박혀 죽음을 선택했다. 너는 예수가 왜 스스로 그렇게 했다고 생각하느냐? 성경만 보더라도 예수는 수많은 기적을 일으켰다는 걸 알 수 있는데 말이지. 분명 마음만 먹으면 자신의 힘으로 그 상황을 충분히 벗어날 수 있었다고 생각하지 않느냐?"

"……."

나는 쉽게 대답하지 못했다. 분명 예수님이라면 충분히 가능했을 거라 생각이 들었기 때문이었다.

"예수는 자신을 희생함으로써 자신의 사랑을 증명하려 했다. 그래서 너희는 지금까지도 예수를 희생과 사랑의 대표적인 인물로 여기고 있다. 아직 어린아이나 아기들이 생을 마감하는 것도 이와 같은 것이다. 생을 마감하면서 자신이 증명할 수 있는 사랑을 체험한 것이다. 너희 입장에서는 삶을 제대로 살아 보지도 못한 채 생을 마감했다고 생각하지만 영혼의 입장에서는 충분한 체험을 한 것이니 말이다."

나는 자식을 잃은 부모들을 떠올리자 눈시울이 붉어져 고개를 저으며 말했다.

"그래도 그건…… 너무 슬프잖아요. 그게 무슨 사랑을 증명한다는 거죠?"

"너희 입장에서 보면 남은 사람들에게 너무 큰 슬픔이 되기도 하고, 상처가 되기도 한다. 하지만 때로는 존재하는 것보다 사라짐으로써 더 큰 사랑을 남기기도 하는 법이다. 그리고 영혼은 이것을 알고 있다. 영혼은 그저 더 큰 사랑을 증명할 수 있는 방법을 선택할 뿐이다."

"하지만 우리는 이별을 원하지 않아요. 그런데 왜 영혼은 사랑을 증명한다는 이유로 우리에게 이별을 주려는 거죠?"

압둘라는 안쓰럽다는 표정을 지었다.

"너희에게 있어 이별이 존재하는 이유는 너희가 육체를 가지고 있기 때문이다."

"……네?"

"너희는 이별을 할 수 없는 존재다. 너희는 처음부터 하나의 존재이니 말이다."

"……."

이건 또 무슨 소리인가 하는 마음에 나는 아무 말도 하지 못하고 있었다. 압둘라는 이해한다는 듯이 밖을 가리키며 말을 이었다.

"저 밖에 있는 공기와 지금 이 집 안의 공기는 분리되어 있는 것이냐?"

"……아뇨. 그렇진 않죠. 밖과 이곳의 공기의 밀도가 조금 다르긴 하겠지만 공기가 분리되어 있다고 보긴 힘들죠."

압둘라는 나의 말에 고개를 끄덕이며 동의했다.

"바로 네가 한 말 그대로다. 영혼도 이런 식으로 이어져 있는 것이다."

"네? 영혼은 보통 육체에 담겨져 있는 거 아닌가요? 각자 분리되어 있는 거 아니냐고요?"

압둘라는 고개를 가로저었다.

"많은 인간들이 너와 같은 생각을 하고 있지만 너희의 영혼은 분리되어 있는 게 아니다. 하물며 육체에 담겨져 있는 것도 아니고."

"그, 그럼요?"

"그와 반대로 생각하는 것이 더 옳다. 육체에 영혼이 담겨져 있는 것이 아니라, 육체가 영혼에 담겨져 있다고 봐야 하는 게 더 옳을 것이다. 너희 눈으로는 볼 수 없지만 사람은 저마다의 오라를 내뿜고 있다. 그리고 그 오라는 너희 육체를 감싸는 듯한 형태를 보인다. 너희의 영혼도 그런 식으로 육체에 담겨져 있는 것이 아니라 육체를 감싸고 있다고 하는 것이 더 정확한 표현이다. 그렇게 영혼은 너희의 몸을 감싸고 있는 형태로 서로가 서로에게 이어져 있다. 아니, 사실 하나의 큰 덩어리가 너희 육체 모두를 덮고 있다고 봐야겠지."

"영혼이…… 하나의 덩어리……라고요?"

압둘라는 다시 밖을 가리키며 말을 이었다.

"앞서 말한 공기라고 생각하면 더 쉽게 이해할 수 있을 것이다. 저 밖의 공기와 지금 여기의 공기가 분리되어 있지 않다는 건 너도 알고 있다. 하지만 네가 서서히 밖을 향해 가다 보면 어느 순간 이곳의 공기가 옅어지고 밖의 차가운 공기가 더 진하게 느껴지는 구간을 느낄 수 있다. 그런 식으로 영혼도 하나의 공기와도 같지만 각기 다른 육체를 덮으면서 서로 다른 농도와 서로 다른 기온을 가지고 있는 것일 뿐이다. 하지만 그건 틀림없는 하나의 영혼이다. 공기처럼 말이지."

"좀……. 충격적이네요. 이건……."

"그리 충격적으로 받아들일 필요는 없다. 아니, 오히려 지금까지 너희가 서로 다른 존재라고 인식하고 있는 것이 더 충격적이라고 할 수 있다. 너희는 하나임에도 서로를 그리 못 잡아먹어 안달이 나 있지 않느냐?"

"……."

나는 더 이상 압둘라의 말이 귀에 들어오지 않았다. 나의 오랜 질문에 대한 대답은 나의 기대를 뛰어넘는 것이었다. 오히려 압둘라의 말을 다 받아들이기도, 이해하기도 벅찼다. 하지만 압둘라의 말처럼 생각해본다면 분명 우리는 하나의 영혼일 수도 있다는 생각이 들었다. 나는 그렇게 한동안 말없이 압둘라가 해준 말들을 다시 생각해보고 있었다. 그리고 나의 마음속에는 정말 나의 오랜 질문이 이제야 풀릴 수도 있을 거란 기대감이 차오르고 있었다.

나는 갑자기 떠오른 압둘라와의 시간에 씻는 것도 잊은 채 기억을 더 되살리려고 애쓰기 시작했다.

'왜 내가 압둘라를 잊고 있었지?'

　나는 불현듯 떠오른 압둘라의 기억을 놓치지 않기 위해 어렴풋이 떠오르는 기억의 끈을 잡으려 노력했다. 그의 얼굴, 그의 목소리, 그가 해준 이야기들. 마치 처음부터 없었던 시간처럼 잊고 지냈던 기억들은 내가 다시 떠올릴 때마다 다시 하나씩 되살아나기 시작했다.

"아! 사진!"

　되짚어 가는 기억에서 나는 압둘라와 함께 찍었던 사진이 있었음을 떠올릴 수 있었다. 나는 곧장 압둘라와 함께 찍었던 사진을 찾기 시작했다. 하지만 서랍, 옷장, 책장을 비롯해 방 안에 사진을 넣어 두었을 만한 모든 공간을 뒤져봤지만 결국 사진을 찾아내지는 못했다. 내가 그 사진을 버렸을리는 없다. 분명 잘 챙겨뒀을 터. 하지만 아무리 찾아도 사진은 보이지 않았다.

"아, 어디에 뒀지?"

나는 사진을 찾느라 땀범벅이 된 몸으로 바닥에 주저앉았다. 바닥에 주저앉아 잠시 쉬면서도 머릿속은 아무리 찾아도 보이지 않는 사진에 관한 생각들로 가득 찼다. '왜 없지?', '어디 갔지?' 이런 생각들은 계속 나를 재촉했다.

그때였다. 예전에도 분명 이런 기억이 있었다는 걸 깨닫게 됐다. 내가 무언가를 찾지 못하고 있을 때 압둘라가 해줬던 얘기. 잃어버린 무언가를 찾게 해주겠다던 압둘라의 말이 떠오르기 시작했다.

"아, 어디 갔지?"

나는 아까부터 분주하게 계속 무언가를 찾고 있었다. 그런 나를 한참 쳐다보던 압둘라는 슬쩍 다가와 나에게 물었다.

"아까부터 뭘 그리 찾고 있느냐?"

나는 찾는 것을 계속하며 대답했다.

"펜이요. 아까까지만 해도 썼던 펜이 도대체 어디로 사라진 건지……. 저녁에 장 봐야 할 거 좀 써두려고 하는데……."

나는 내 책상 위에 올려 있는 종이를 가리키며 말했다. 압둘라는 그런 나를 지그시 바라보며 말했다.

"보이지 않는 것을 억지로 보려 한다고 그게 보이겠느냐?"
"……네?"

계속해서 펜을 찾던 나는 갑작스런 압둘라의 말에 찾는 것을 멈추고 압둘라를 바라보았다.

"손을 뻗어 잡히지 않는 것들은 사라진 것이 아니라 떠난 것이다."

"……무슨 소릴 하는 건지……."

나는 알아듣지 못할 압둘라의 말을 무시하기로 하고 다시
펜을 찾기 시작했다. 그런 나에게 압둘라는 조금 무안했는
지 헛기침을 하며 말했다.

"흠흠, 내가 도와줄 수도 있느니라."

"됐거든요."

내가 단호하게 거절하자 더 무안해졌는지 압둘라는 연신
헛기침을 해댔다.

"흠흠, 어허. 내가 도와줄 수 있대도."

"……."

나는 압둘라의 엉뚱한 행동에 조금 재밌어서 펜을 찾던
것을 멈추고 압둘라를 쳐다보며 말했다.

"그래요. 그럼 어떻게 하면 되는데요?"

나의 물음에 압둘라는 어쩔 수 없다는 듯이 어깨를 살짝 으쓱거리며 의자를 가리켰다.

"자, 우선 여기에 똑바로, 그리고 편하게 앉아 보거라."

나는 압둘라의 행동이 조금 얄밉기도 했지만 압둘라가 그 냥 시키는 대로 의자에 앉고는 자세를 바로잡았다.

"네, 앉았어요."
"이제 눈을 감아 보거라."

나는 압둘라가 시키는 대로 눈을 감았다.

"이제 책상의 어느 위치에 펜이 있다고 상상하고 천천히 손을 뻗어 그 위치에 있는 펜을 손에 쥐는 걸 상상해 보거라."

나는 압둘라의 말대로 책상 가운데쯤 펜이 있다고 상상한 뒤 손을 뻗어 책상 가운데에 있는 상상의 펜을 손으로 쥐는 시늉을 했다.

"너는 지금 펜을 쥐고 있다. 그런가?"

나는 가만히 고개를 끄덕였다.

"지금 네가 쥐고 있는 펜의 촉감을 느껴 보아라. 그리고 코에 가져가 냄새도 한번 맡아 보아라. 손가락으로는 펜의 표면을 느껴 보고, 코로는 펜의 냄새를 느껴 보는 것이다."

나는 손가락 사이에 펜이 있는 것처럼 손가락을 위아래로 움직이며 펜의 표면을 문질러 보는 듯한 행동을 하며 펜을 만지는 상상을 했고, 손을 코에 가져가 펜의 냄새를 맡는 상상도 했다. 그러자 실제로 펜의 표면이 느껴지는 것 같았고, 냄새도 나는 것만 같았다.

"어떠냐? 손에 펜을 만진 느낌은 났느냐? 펜의 냄새는 났고?"

나는 말없이 고개를 끄덕였다.

"그럼 분명 지금 네 손에는 펜이 있는 것이군. 사라졌던 펜을 다시 찾은 것이다. 어떠냐? 잃어버린 줄 알았던 펜을 다시 찾은 기분이?"

"기뻐요. 펜이 반갑게 느껴지기까지 하네요."

"그래, 펜을 다시 찾아 행복한 기분이 든다면 이제 그 감정을 그대로 유지하며 눈을 떠보아라."

나는 천천히 눈을 떴다. 하지만 내 손에는 당연히 펜은 존재하지 않았다.

"뭐예요. 펜은 결국 없잖아요! 지금 장난치시는 거죠?"

내가 조금 짜증스럽게 말하자 압둘라는 정색을 하며 말했다.

"너는 지금 네가 펜을 찾은 시간을 여행하고 온 것이다. 너는 분명 찾은 펜을 손으로 만지고 냄새까지 맡지 않았느냐? 심지어 펜을 찾아서 기뻐하기까지 했다. 너는 더 이상 펜을 찾으려 하지 않아도 된다. 넌 이미 펜이 네 손에 있다는 걸 알고 있으니 말이다."

"……무슨 뜻이에요?"

"넌 이미 펜을 찾은 걸 체험하고 왔으니 이제 펜은 스스로 너에게 돌아올 것이라는 소리다. 넌 더 이상 펜을 찾으려고 애쓰지 않아도 되는 것이고."

나는 황당해하며 말했다.

"펜이 스스로 돌아올 거라고요? 펜한테 발이 달려 있는 것도 아닌데 어떻게 그럴 수 있다는 거죠?"
"펜이 어떻게 해서 너에게 돌아올 수 있었는지는 알 수 없다. 아니, 알 필요도 없지. 넌 그저 돌아온 펜을 기쁘고 반갑게 맞이하면 될 뿐이다."

나는 결코 압둘라의 말을 납득할 수는 없었지만 더 이상 대꾸하진 않았다. 아니, 대꾸할 가치도 없다고 여겼다. 그저 알아들을 수 없는 압둘라의 말을 더 이상 듣고 싶지는 않았기 때문에 펜 찾는 일을 그만두고 그 자리에서 일어났다.
나는 여분의 펜을 가방에서 꺼내 사야 할 목록을 적기 시작했다. 냉장고를 열어보고 없는 물건들을 확인하고 다시 사야 할 물건들을 적었다. 또 빠뜨린 건 없는지 곰곰이 생각해 보며 주위를 둘러보았다. 그런 내 곁으로 압둘라가 슬쩍 다가와 내가 적은 목록에 관심을 보였다.

"……커피도 적었느냐?"

나는 그런 압둘라를 어이없다는 표정으로 바라보며 답했다.

"커피 있거든요?"

압둘라는 머쓱해하며 물었다.

"그, 그거 다행이구나. 그런데 여기 적힌 물건들로 무슨 요리를 하려는 거지?"
"몰라요. 그냥 없어서 사는 거예요. 사 놓고 생각해 봐야죠."
"그럼 넌 지금 뚜렷한 목적도 없이 일단 이 물건들을 사는 것이냐?"

압둘라의 다그치는 듯한 말투에 난 조금 당황했다.

"아니, 사 놓으면 언젠가는 먹게 될 거니까요. 딱히 뭘 해 먹으려고 하는 건 아니고……. 그냥 없으니까……."

압둘라는 '맙소사!' 하는 제스처와 함께 자신의 손을 이마 위에 올리며 말했다. 나는 순간 죄지은 사람처럼 움찔했다.

"맙소사……. 나무를 키우기 위해서는 나무가 아닌 숲을 봐야 하는 법이다. 숲을 보면 나무는 저절로 생겨나는 법이지. 무엇을 창조한다는 것은 창조하는 과정을 말하는 게 아니라, 완벽한 모습에서부터 창조되는 것을 말한다."

"……그게 무슨 말이에요?"

"그림을 그릴 때도, 집을 지을 때도 그 과정이 아니라 완성된 모습을 가지고 모든 일을 시작한다. 그림을 그리는 화가는 완성된 그림을 먼저 구상하고 나서야 그림을 그리기 시작하고, 집을 짓는 사람은 설계도라는 집의 완성된 모습을 구상해 놓고 집을 짓기 시작하는 것처럼 말이다. 모든 일이 그렇다. 완성된 목적이 없는 행동은 무의미하다. 네가 하는 식으로는 냉장고에 물건만 쌓일 뿐 그 어떤 것도 네가 원하는 결과를 이끌어 오진 못할 것이다."

"그, 그냥 반찬 좀 사려는 거뿐인데 너무 진지하신 거 아니에요?"

압둘라는 조금 흥분하며 말했다.

"너무 진지하다니! 네가 너무 진지하게 생각하지 않는 것이다. 내가 말하는 것은 반찬에 대한 얘기가 아니다. 너희에게 주어진 창조의 능력에 관한 얘기다. 그게 그림을 그리는 일이든, 무엇을 만드는 일이든, 달리기를 하는 것이든 너희는 지금이란 시간에서 조금 떨어져서 모든 것을 바라봐야 한다는 거지."

"시간에서 떨어진다고요?"

"그렇다. 쉽게 말하자면 네가 나무를 담기 위해서 나무 한 그루 앞에 서 있는 것보다 나무에게서 멀리 떨어져 숲을 담으면 나무는 저절로 담기게 된다. 그런 식으로 지금의 시간만을 보고 있는 것이 아니라 시간에서 떨어져 이미 목적이 달성되어 있는 시간까지 담을 수 있게 되면 그것이 이루어지는 과정을 알지 못하더라도, 알려 하지 않아도 그 과정은 저절로 이루어지게 되는 것이다."

"1인칭 주인공적인 관점이 아니라 3인칭 전지적인 관점에서 바라봐야 한다는 말인가요?"

압둘라는 손가락으로 '딱!' 소리를 내며 말했다.

"그렇다! 아주 적절한 예를 들었다. 말 그대로 너희는 모든 것을 전지적인 시점으로 바라봐야 한다. 그리고 말 그대로 너희는 모두 전지적이기도 하니 말이다."

"저희가 전지적이라는 건……. 좀……. 전지적이란 건 신과 같다는 의미이지 않나요?"

"그래, 같은 뜻이다."

"그럼 우리가 신이라는 건가요?"

"정확하게는 신의 일부분이라고 말하는 게 더 맞는 말이다. 흔히 너희를 신의 닮은꼴로 창조되었다고 말하지만, 사실 닮은꼴이 아니라 너희는 신의 일부이다. 신의 일부인 영혼이 육체를 가지고 이 땅에 태어난 것이니 말이다."

"별로 믿기진 않네요. 압둘라, 당신 말대로 우리가 신의 일부라면 영화에서처럼 초능력도 막 쓰고, 괴력도 발휘할 수 있을 것 같은데 아무도 그렇게는 못하잖아요."

내가 말도 안 된다는 표정으로 손사래를 치자 압둘라는 확고한 표정을 지으며 나를 바라보고 말했다.

"하지만 원하는 그 무엇도 창조할 수는 있다."

나는 별로 믿기지는 않았지만 압둘라가 워낙 확고한 표정을 짓고 있었기에 더 이상 대꾸를 하지는 못했다.

"너희는 너희가 원하는 건 무엇이든 만들어낼 수 있다. 그게 무엇이든 말이다. 이것이 너희가 신의 일부인 증거이자 자유의지를 지닌 사랑의 존재라는 증거다. 아까도 말했듯이 지금에서 멀리 떨어져 완성된 모습을 바라볼 수 있다면 너는 네가 원하는 그 어떤 것도 만들어낼 수 있다. 네가 이것을 이해해 모든 것을 그런 식으로 바라볼 수만 있다면 너는 신과 같은 삶을 살아갈 수도 있게 되는 것이다."

나는 그다지 내가 신과 같은 삶을 살아야겠다고 생각해본 적이 없었기도 했고, 내가 신이라는 생각도 해본 적이 없었기 때문에 뭐라 대꾸를 할 수 없었다. 압둘라의 말이 어렵기도 했고, 나와는 동떨어져 있는 얘기인 것만 같았다. 그런 나를 바라보던 압둘라는 안타깝다는 표정으로 말했다.

"너희는 오랜 시간 너희 스스로를 잊으며 지내 왔다. 너희가 어디서 왔는지, 무엇을 할 수 있는지, 무엇을 해야 하는지를 말이다. 너희는 단순히 먹고살기 위해 이 땅에 태어난 동물이 아니다. 너희의 오랜 바람으로 이 땅에 태어났고, 이 땅에서 체험할 수 있게 되었다. 너희가 사랑이자 신의 일부임을 스스로 깨닫고 증명하기 위해 굳이 이 길을 선택한 것이다. 너희는 오랜 시간을 헤매고 방황하겠지만 결국 이 길에 이를 수밖에 없다. 그것이 너희의 소명이자 오랜 약속이기 때문이다."

"약속이요?"

"그렇다. 신과 너희가 한 약속. 그 약속은 절대로 어긋날 수는 없기에, 그 약속이 지켜지지 않을 수는 없기에 너희는 결국 그 길에 이를 것이다. 언제 어디서 누구와 무엇을 하든지 말이다."

나는 뭔가 결연하게 얘기하는 압둘라에게 더 이상 대꾸를 하진 못했다. 그저 자신에 대해 다시 생각해 보게 되었다. 나는 왜 살아가는지, 무엇을 위해 살아가고 있는지에 대해서 말이다. 내가 압둘라의 말처럼 신의 일부인 거라면 '나는 무엇을 할 수 있고, 무엇을 해야 할까?' 계속 그런 질문들을 스스로에게 던져보고 있었을 뿐이다.

압둘라와의

일 주 일

이틀

감정의 비밀

하나님이 이르시되 물 가운데에 궁창(穹蒼)이 있어
물과 물로 나뉘라 하시고

하나님이 궁창을 만드사 궁창 아래의 물과
궁창 위의 물로 나뉘게 하시매 그대로 되니라

하나님이 궁창을 하늘이라 부르시니라
저녁이 되며 아침이 되니 이는 둘째 날이니라

(창세기 1:6~8)

나는 다시 일어나 사진을 찾기 시작했다. 압둘라의 기억이 하나씩 떠오르자 더욱 압둘라와 함께 찍은 사진을 찾아야겠다는 생각이 들었다. 찾아봤던 곳을 꼼꼼하게 다시 확인하고, 확인해보지 않은 곳이 있는지 방을 둘러봤다. 그러다 침대 밑이 눈에 띄어 고개를 숙여 침대 밑을 확인해 봤는데 어두워 한눈에 확인되진 않았지만 어렴풋이 보이는 상자 하나를 발견할 수 있었다. 나는 순간 저 상자 안에 분명 사진이 있을 거라는 확신이 들었고, 곧바로 손을 뻗어 서둘러 상자를 꺼냈다.

내 심장은 상자 속에 압둘라와 찍은 사진이 있다는 확신과 기대감으로 두근거리기 시작했다. 먼지가 꽤 쌓인 상자를 조금 닦아내고 지체 없이 상자를 열었다. 언제부터 침대 밑에 있었는지 상자 안에는 기억조차 잘 해내질 못할 만큼 오래된 물건들로 가득했다. 나는 상자 속의 물건을 조심스럽게 하나씩 꺼내며 물건을 확인했다.

구슬, 열쇠, 목걸이, 지우개 등. 오랜 시간 상자 안에서 존재감 없이 지냈을 물건들이 다시 세상 밖으로 나오고 있었다. 그렇게 하나씩 물건을 확인하며 꺼내자 상자 바닥 맨

밑에 깔려있던 사진 한 장이 눈에 들어왔다. 천천히 들어 확인한 한 장의 사진 속에는 카메라를 보며 웃고 있는 나와 압둘라의 모습이 담겨져 있었다.

"압둘라……."

나는 사진에 담긴 그의 모습을 보자 아련했던 기억들이 갑자기 선명하게 떠오르기 시작했다. 그리고 나의 눈에서는 눈물이 흘러내렸다.

"어, 어. 아아. 어. 어, 알았어. 어, 그래."

딸깍!

"후우……."

전화를 끊고 나는 긴 한숨을 내쉬었다. 나의 한숨 소리를 들었는지 소파에서 책을 읽고 있던 압둘라는 책을 덮고 나를 쳐다봤다.

"무슨 일이라도 생긴 거냐?"
"아, 아니에요."

압둘라의 물음에 내가 손사래를 치며 아니라고 하자 압둘라는 다시 시선을 책으로 돌렸다. 나는 그런 압둘라를 멍하게 바라보다 나도 모르게 압둘라에게 물었다.

"왜 이렇게 사랑은 어려운 거죠?"

나의 뜬금없는 질문에 압둘라는 무슨 소리냐는 표정으로 나를 천천히 돌아봤다.

"아, 아니. 그러니까 당신이 그랬잖아요. 우리는 사랑의 존재라고……."
"그래, 그랬지."
"그런데 왜 누군가를 사랑하고 서로가 사랑할 수 있기까지의 과정이 힘들어야 하는 거죠? 우리 모두가 사랑의 존재라면 지금보다 훨씬 더 쉽게 이해하고 쉽게 알 수도 있을 거 같은데······."

압둘라는 질문을 이해했다는 듯 책을 다시 덮어놓으며 말
했다.

"그건 너희 중 대부분이 두려움을 사랑이라고 착각해서
그런 것이다."

나는 황당해하며 되물었다.

"두려움을 착각했다고요? 그럴 리가 없잖아요! 어떻게 사
랑과 두려움을 구별 못 할 수 있겠어요? 사랑은 사람을 긍
정적이고 좋게 만듭니다. 하지만 두려움은 그렇지 않다고
요. 이걸 어떻게 착각할 수 있겠어요?"
"너희는 사랑 그 자체다. 너희가 사랑이 아닐 순 없지. 하
지만 너희는 자신이 사랑인 걸 알기 위해 두려움을 끌어안
은 채 태어났다. 그래서 너희는 무슨 일을 겪든지 사랑과
두려움의 감정을 동시에 느끼게 된다. 너희들이 각자 어떤
상황에 처해졌을 때 각기 다른 반응을 보이는 것은 사랑과
두려움의 감정에서 어느 길로 들어섰느냐에 따라 달라지기
때문이다. 즉, 생각과 행동을 결정짓는 가장 원초적인 인식

이 달라지게 되는 것이다."

"……저는 방금 친구와 통화를 했습니다. 친구들 중 오랫동안 누군가를 좋아했던 친구가 있는데 그 친구가 어젯밤에 결국 고백을 했다고 하더군요. 하지만 보기 좋게 거절당했다고 합니다. 그럼 이 친구는 이 사람을 사랑한 겁니까? 두려워한 겁니까?"

나는 약간 화가 난 듯 압둘라에게 물었다.

"지금 네가 말하고 있는 상황이 꼭 아니더라도 너희들이 지금까지, 그리고 앞으로도 사랑과 두려움 중 어느 쪽에 더 기울어져 있는지는 아주 쉽게 깨달을 수 있다."

"어떻게 알 수 있죠?"

"자신의 기분을 살펴보면 된다. 사랑은 너희가 생각할 수 있는 모든 긍정적인 기운이다. 행복, 설렘, 기쁨, 웃음, 칭찬, 축복 등 너희가 좋은 것이라 느끼는 모든 것은 사랑에서 시작된 것들이다. 하지만 그와 반대로 두려움에서 파생된 감정들은 분노, 슬픔, 아픔, 긴장, 저주처럼 하나같이 부정적인 것들이다.

만약 지금 너의 기분이 슬프고 속상하다면 너는 두려움의 길에 서 있는 것이다. 반대로 지금 네 기분이 즐겁고 행복하다면 너는 사랑의 길에 서 있는 것일 테지. 아까 네가 말한 대로 사랑은 언제나 긍정적이고 좋은 것이다. 사랑은 그저 좋은 것이지. 하지만 방금 네가 말한 친구의 경우는 두려움에 잠식된 사랑을 경험하면서 사랑은 아프고 힘든 것이라고 여기고 이것이 순수한 사랑이라고 착각하고 있는 것이다. 사실은 두려움에 잠식당한 사랑의 형태를 띠고 있는 감정일 뿐인데 말이지."

나는 압둘라의 말에 우리가 사랑이라 여겼던 감정이 사실은 사랑이 아니라 두려움일 수도 있다는 생각에 조금 충격을 받았다.

"그, 그럼 저희가 사랑이라고 믿은 감정들이 모두 두려움일 수도 있단 건가요?"

"아니, 그렇지는 않다. 그저 시간이 지나면서 대부분은 사랑이 두려움에 잠식당해서 그런 것이다. 만약 네가 누군가를 처음 만나 그 사람에게 호감을 느꼈다면 너의 마음속에서는 좋아하는 마음과 동시에 나를 싫어하면 어떡하나 염려하는 두려움도 같이 떠올리게 된다. 하지만 시간이 흐르면 흐를수록 좋아하는 마음보다 거절당하는 것에 대한 두려움이 점점 더 커져가게 되고, 사랑이 더 커지면 커질수록 그 이상으로 두려움이 더 커져가게 되는 것이다.

너희의 대부분이 그렇다. 누군가를 사랑하기 시작하면 많은 걸 내주고 싶어 하지. 그건 사랑의 순수한 성격이다. 하지만 두려움도 어김없이 동시에 생기기 시작한다. 내주는 순간부터 '내준 만큼 돌려받지 못하면 어떡하지?'라는 두려움이 말이다. 그리고 점차 '이 사람이 내 사람이 안 되면 어떡하지?', '나를 싫어하면 어떡하지?', '내가 준 사랑만큼 나를 사랑해 주지 않으면 어떡하지?'라는 온갖 두려움에 잠식당해 버리고 만다. 그렇게 되면 이제 사람들은 그때부터 '사랑은 왜 이렇게 아픈 거죠?', '왜 이렇게 힘든 거죠?', '왜 이렇게 어려운 거죠?'라는 질문들을 쏟아내기 시작하는 것이다.

사랑은 주려 한다. 사랑은 그저 내가 줄 수 있는 무언가를 주려 할 뿐이다. 그렇기 때문에 사랑은 소유하려 하지도, 준 만큼 돌려받으려고도 하지 않는다. 가장 순수한 사랑은 그저 그렇게 할 뿐이다. 누군가가 사랑을 시작할 때 아무것도 계산하지 않고 어리석을 만큼 모든 걸 내주려 하는 것은 바로 이 때문이다. 그게 사랑의 속성이고 성향이기 때문이지."

압둘라의 말에 나는 지금까지 누군가를 좋아했을 때의 모습을 떠올려 보았다. 나는 사랑과 두려움 중에서 무엇을 선택하려 한 건지, 두려워했다면 어느 순간에서부터 두려움에 잠식되어 갔었는지, 누군가에게 고백할 때까지의 나는 사랑과 두려움 중 그 어느 길에 서서 상대방을 바라보고 있었는지를 말이다. 그리고 생각보다 금방 내가 어느 길에 서 있었는지, 무엇을 선택했었는지를 깨달을 수 있었다.

"……그럼 우리가 온전히 사랑을 선택하기 위한 방법은 없을까요? 방금 압둘라 당신은 우리가 지금 느끼는 감정을 살펴보면 금방 사랑의 길에 서 있는지, 두려움의 길에 서 있는지를 알 수 있다고 하셨지만, 실제로 우리는 사랑이라고 여긴 감정이 어느 순간부터 두려움에 잠식당하고 있는지를 쉽게 눈치채지 못합니다. 이미 그 감정조차도 사랑이라고 여기고 있을 뿐입니다. 그리고 우리는 이런 길에 이미 익숙해져 버렸죠. 우리가 다시 이미 익숙해져 버린 이 길을 제대로 걸어갈 수 있는 방법은 없을까요?"

압둘라는 나의 질문에 살짝 미소를 보이며 말했다.

"있다."
"그게 무엇이죠?"

나는 궁금해하며 압둘라의 곁으로 다가와 재촉했다. 압둘라는 온화한 미소로 나에게 답했다.

"감사함을 느끼는 것이다."
"감사함이요?"
"그렇다. 너희가 온전히 사랑의 길에 머물 수 있도록 하는 것은 너희가 감사함을 느낄 때다. 너희 곁에 있는 사람들, 너희가 갖고 있는 물건들, 너희에게 일어나고 있는 모든 상황에서 감사함을 느끼면 된다."

직접적인 대답을 원했던 나는 압둘라의 말에 조금 실망감을 드러내며 말했다.

"미리 감사함을 느끼면 감사할 일들이 생긴다. 뭐 이런 얘기하시려는 거죠?"
"물론 너의 말은 옳다. 이미 이루어질 것에 대해 믿음을 가지고 감사함을 느끼기 시작하면 그것은 분명 너희에게 감사할 일들을 선사하게 된다. 하지만 감사함을 느낀다는 것은 그보다 더 고차원적인 원리다."
"……설명해주시겠습니까?"
"너희가 감사함을 느낄 때는 언제냐?"

"음……. 도움을 받았을 때, 선물을 받았을 때, 배려를 받았을 때?"

"……뭔가 못 느꼈느냐?"

"네?"

"방금 네가 한 대답에서 말이다."

"……글쎄요……."

"너는 감사함을 언제 느끼느냐는 나의 질문에 하나같이 뭔가를 받았을 때라고 답했다."

"……도움……. 선물……. 배려……. 아, 그렇군요."

"너희가 감사함을 느낄 때는 언제나 무언가를 받았을 때다. 하지만 그 반대로 감사함을 느끼게 하려면 무언가를 주어야겠지? 그게 도움이든 선물이든 뭐가 됐든지 간에 말이다. 너희가 무언가를 내주는 것은 사랑의 가장 순수한 행동이다. 사랑은 그저 내주려 하지. 부모가 자식에게 그저 내주려고 하는 것처럼 말이다.

너희가 사랑을 온전히 전하고 싶다면 상대방에게 감사함을 느껴야 한다. 감사함을 전하는 일은 딱히 보답을 바라고 하는 일이 아니다. 이미 받은 것에 대한 감사함을 전하는 일이니 말이다. 하지만 너희는 누군가를 사랑해서 내주는 일에도 보답을 바라기 시작하면서 두려움을 느끼기 시작한다. '내가 준 사랑만큼 나도 사랑받고 싶어.', '내가 널 이만큼 아끼듯이 너도 날 아껴주길 원해.', '내가 널 위해 이만큼 했듯이 너도 해줬으면 좋겠어.' 등등. 이런 감정들이 그렇게 돌려받지 못하면 어떡하지 하는 감정들로 두려움에 잠식당하기 시작하는 것이다.

하지만 감사함을 전하는 일에는 그런 보답을 염두에 두지 않는다. 그저 이미 받은 것에 대한 보답을 하는 것이라 여기기 때문이다. 감사함은 받았기 때문에 느끼는 것이니 말이다. 보답이 아닌 주려는 것에 만족할 수 있다면 두려움도 역시 생기지 않는다. 내가 무언가를 하는 것에 대해 돌려받을 생각 자체를 하지 않게 되니 말이다.

특별한 경우가 아니고서야 부모가 자식을 사랑하는 데 자식이 그만큼 나에게 해주지 않으면 어떡하지 하는 두려움을 가지지는 않는다. 보답을 바라지 않는 사랑에는 지침이 없다. 부모가 자식을 사랑하는 데도 고마움은 존재한다. 자식이 부모를 사랑하는 데도 감사함이 존재한다. '내 자식으로 태어나줘서 고마워.', '나를 낳아줘서 고마워.'와 같이 말이다. 부모와 자식 간의 사랑이 그렇게 두터운 것은 부모와 자식이 서로 느끼는 고마움이 두텁기 때문이다."

"음······. 뭔가 알 것 같아요. 우리는 대부분 사랑과 감사함을 별개의 감정이라고 여기고 있는 것 같아요. 하지만 이어지는 감정이라고 봐야 하는 게 더 옳은 표현이겠군요."

"너희가 느끼는 모든 긍정적인 감정들은 사랑에서 파생된 감정들이다. 감사함이 결코 사랑과 별개의 감정이 될 순 없지. 하지만 이것은 딱히 연인과의 관계에서만 국한되는 것은 아니다. 너희가 너희의 삶을 살아가면서 모든 사물, 모든 환경, 모든 사람들에게 감사함을 느끼며 살아갈 수 있다면 너희의 삶은 지금보다 훨씬 더 자유롭게, 풍족해지게 된다."

"풍족해진다고요?"

"그렇다. 감사함을 받은 것들은 그 감사함에 보답하려 한다. 자신이 내줄 수 있는 것을 내주려 하지. 너희가 감사함을 느끼는 곳은 너희에게 감사해할 무언가를 주려 한다. 많이 받고 싶다면 많이 내주어야 한다는 말에서 내주어야 할 것은 바로 감사함이다."

"그런데 감사함을 느끼는 것은 구체적으로 어떤 것을 말하는 거죠?"

"상대방이 필요로 하는 것을 소중히 여기는 것이다."

"예를 들면요?"

"모든 사물은 가능한 오랜 시간 자신의 역할을 할 수 있기를 바란다. 사물이 그렇게 되려면 무엇을 필요로 하겠느냐?"

"……부서지지 않게 소중히 다루고 잘 관리해 주는 걸 필요로 하겠죠?"

"그렇다. 네가 겪는 모든 상황들은 네가 그 상황들로 인해 무언가를 깨닫고 성장하는 것을 필요로 하고, 네가 만나는 모든 사람들 역시 각자 필요로 하는 것이 있다. 모든 것들은 자신이 필요로 하는 것을 소중히 여겨줄 때 감사해한다. 어떤 상황도 네가 그 시간들을 좋은 경험이라 여기고 소중히 여기기 시작하면 그 시간들은 너를 성장하게 하고 무언가를 깨닫게 해준다.

네가 누군가가 성공을 필요로 해 누군가의 성공을 돕는다면 너는 어느새 성공한 사람이 되어 있게 된다. 이 모든 것은 네가 그들에게 감사함을 느끼게 해주었을 때 일어난다. 감사함을 남발해라. 모든 것에, 모든 상황에, 모든 사람들에게 감사함을 느낄 수 있도록 해라. 그것은 모두 너에게 돌아올 것이므로."

"음……. 어떻게 보면 감사함은 정말 기적 같은 감정이라고 볼 수도 있겠군요. 사랑에서 파생된 감정 중에서도 최고의 감정이라고 해도 과언이 아닐 것 같아요."

"감정에 순위 따위를 매길 수가 있겠느냐!"

"말이 그렇다는 거죠. 그럼 압둘라, 감사함과는 반대로 우리에게 제일 위험하고 좋지 않은 감정은 뭔가요?"

"두려움에서 파생된 모든 감정은 너희가 외면해야 하고

위험한 감정들이다.”

“아, 물론 그렇겠지만 그중에서도 하나만 말해 보세요. 네?”

나는 압둘라의 팔을 붙잡고 애교 아닌 애교를 부리며 떼를 썼다. 그러자 압둘라는 어쩔 수 없다는 표정으로 말했다.

“방금도 말했지만 감정에 순위 따위는 없다. 하지만 네가 하는 말의 의미를 모르는 건 아니기에 말해 주마. 평소 너희가 너무 편하고 쉽게 여기고 있지만 너희 스스로를 가난하게 하고 옭아매게 하는 감정이 있다.”

나는 압둘라의 말에 눈을 초롱거리며 물었다.

“그게 무슨 감정인가요?”

압둘라는 의미심장한 표정으로 입을 열었다.

“그것은 바로 질투다.”
“……질투…….”

나는 압둘라가 왜 질투라고 하는지 곰곰이 생각해 보았다.

'평소 너희가 너무 편하고 쉽게 여기고 있지만 너희 스스로를 가난하게 하고 옭아매게 하는 감정'

"그래, 질투다. 왜 질투인지 알겠느냐?"
"……알 듯 모를 듯 하군요."
"그러면 알 것 같은 데까지만 말해 보거라. 왜 질투가 너희를 가난하게 하고 옭아매게 하는 감정인지."

나는 한쪽 팔로 턱을 괸 채 잠시 생각에 잠겼다가 입을 열었다.

"음, 질투를 한다는 건 나에게 질투를 하는 무언가가 없으니 하는 거잖아요. 그래서 질투를 많이 하는 건 그만큼 나에게 무언가가 없다는 걸 의미하는 것 같은데요?"

압둘라는 나의 대답에 미소를 지으며 말했다.

"맞다. 너희가 가지는 감정은 결국 너희의 현실에서 어떤 형태를 이뤄 일어나게 된다. 앞서 너희가 감사함을 느끼게 하는 어떤 부분은 그대로 너희에게 다시 주어진다고 말했듯이 말이다. 너희가 품고 있는 감정이 사랑에서 온 것이든, 두려움에서 온 것이든 가리지 않고 그것은 현실로 일어난다. 그런 의미에서 보면 질투란 너희 스스로가 무언가 없다는 것을 주장하는 행위인 것이다."

나는 손바닥으로 무릎을 치며 말했다.

"지금의 감정 그대로 현실로 일어나게 되는 거라면, 질투를 한다는 것은 지금 내가 질투를 하는 그 무엇이 없기 때문에 생겨나는 감정이니까 계속해서 질투를 할 수밖에 없는 현실이 일어나게 되는 것이군요. 그렇게 되면 아까 압둘라 당신이 말씀하신 것처럼 질투를 하면 할수록 스스로를 더 가난하게 하고 더 옭아매게 하는 것이고요."

"그래, 바로 그렇다. 네 말대로 질투는 현재 자신이 질투하는 그 무엇이 없다는 걸 증명하는 역할을 하게 되고, 그 신호를 우주로 보내게 되면 우주는 계속해서 질투를 할 수밖에 없는 상황을 현실로 만들어내어 계속해서 질투를 할 수밖에 없는 상황, 즉 결핍의 상황이 이어지도록 만들게 되는 것이지. 결국 질투를 하면 할수록 자신을 가난한 상황에 처해지도록 하는 것이다.

이제 왜 두려움의 감정 중에서 질투를 말했는지 잘 알 수 있을 것이다. 질투는 결코 사랑의 감정이 아니다. 오히려 두려움의 감정에서도 최악의 감정이라고도 할 수 있지. 하지만 너희는 이것을 너무나 쉽고 편하게 하고 있다.

너희가 무언가를 바라고 원한다면 질투가 아니라 그것을 축복하고 사랑하는 감정을 품어야 한다. 지금 당장 너희의 손에 쥐어져 있지 않고 갖고 있지 않는 것이라 할지라도, 너희가 간절히 바라는 것이 너희가 아닌 다른 사람에게 주어져 있다 하더라도, 그것을 축복하고 사랑해야 한다. 그러면 반드시 그것이 아니더라도 그만한 가치가 있는 다른 무언가로라도 반드시 그것은 채워지게 되는 것이다."

"놀랍군요. 우리는 너무 쉽게 할 수 있는 감사의 인사는 잘 하지 않았고, 어렵고 두렵게 느껴야 할 질투를 너무나 쉽게 하고 있었군요."

"그래, 너희의 사회는 네가 말한 그대로의 형태를 보이고 있다. 너희는 생각을 달리해야 한다. 너희끼리 서로가 가진 것에 두려움을 느낄 필요는 없다. 너희는 서로가 다른 존재로 그 시작을 알린 존재가 아니니 말이다."

"어쩌면 감정이라는 건 우리가 상황에 따라 느끼게 되는 따라오는 부가적인 것이 아니라, 우리가 우선적으로 유지해야 할 최우선적인 것이 돼야 할 것이라는 생각이 듭니다."

압둘라는 나의 말에 반색을 하며 말했다.

"오오! 훌륭하구나. 그렇게 생각할 수 있다는 것은 네가 성장했다는 것을 의미한다. 지금까지 '생각-행동-감정'의 순서로 생각한 것을 네가 뒤집으려 한다는 것은 네가 생각을 더 고차원적으로 할 수 있게 되었다는 것을 의미한다."

"아뇨, 아직 그 정도까지는……."

"아니다. 분명 너는 성장하고 있다. 네가 이렇게 이해할 수 있다면 너희가 많이 오해하고 있는 또 다른 감정에 대해 한 가지 더 말해주마. 물론 네가 커피를 한 잔 타온다면 말이지."

압둘라는 장난기 어린 표정으로 능글맞게 말했다. 그런 압둘라의 행동이 어이가 없었지만 우리가 훨씬 더 가까워진 것 같아 헛웃음을 보이며 잠시 기다리라 하고는 부엌으로 향했다. 익숙한 손놀림으로 원두를 갈고 곱게 갈려진 원두를 커피머신에 넣어 자동으로 드립될 수 있도록 해놓고는 압둘라가 앉아 있는 소파로 돌아왔다.

"드립해놨어요. 드립될 동안 얘기해주세요."

"흐음, 향이 나기 시작하는구나. 좋다. 내가 말해줄 감정은 너희가 질투를 너무 쉽고 가볍게 하는 것에 비해 너무 어려워하고 하기 싫어하는 감정이다.”

“그게 무슨 감정이죠?”

“용서다.”

“용서라…….”

“그래, 너희는 누군가 너희 자신에게 큰 상처나 고통을 주면 상대방에 대한 분노나 원망을 담곤 한다. 그리고 그 감정이 순간적인 감정으로 끝나는 것이 아니라 줄곧 그것을 끌어안고 살아가곤 한다.”

“상대방을 용서하지 못해서 말이죠.”

“그렇다. 그러면서 너희는 용서하지 않는 것이 상대방을 더 고통스럽게 할 거라는 착각 속에 살아가고 있다.”

“딱히 그래서 용서하지 않는다기보다는 용서할 수 없는 것일 뿐이에요. 나의 감정이 용서할 수 있을 만큼 풀리지 않았으니까요.”

“그것이 너희가 하고 있는 가장 큰 오해다.”

“…….”

“너희는 분노와 원망이 풀려서 용서하는 것이 아니다. 용서를 해야만 분노와 원망도 사라지게 되는 것이다. 너희가 용서하지 않은 채로 있기 때문에 분노와 원망은 너희를 계속해서 괴롭힌다. 그 기억을 떠올릴 때마다 너희를 분노와 원망 속에서 죽어가게 만들고, 분노와 원망을 떠올릴 때마다 더 큰 분노와 원망을 가지도록 만든다. 너희는 이 모든 것을 이런 분노와 원망을 처음 갖게 한 상대방에게로 돌린다. 하지만 너희는 스스로 만들어 낸 분노와 원망에 죽어가고 있는 것이다. 더 이상 나아가지 못하게 족쇄를 채우고 있는 건 너희 자신이란 말이다."

"감사함과 질투에 대한 설명을 들었기에 대충 어떤 말인지는 알겠습니다만 그건 무척 어려운 일입니다. 머리로는 알지만 쉽게 할 수 없는 일이란 말입니다."

압둘라는 고개를 끄덕였다.

"너희의 입장에서 그것이 쉬운 일이 아니란 건 이해할 수 있다. 하지만 용서하지 못하는 마음은 너희 마음에서 점점 칼이 되어 가고, 시간이 지나면 지날수록 그 칼은 더 날카롭게 날을 갈아 간다. 결국 그 칼에 베이는 건 그 칼을 품고 있는 너희 자신일 뿐이다. 너희는 그 칼끝을 용서하지 못하는 누군가를 향하고 싶겠지만, 언제나 너희의 의도와는 상관없이 그 칼에 상처 입게 되는 것은 결국 너희 자신일 뿐이다.

오해하지 마라. 용서는 결코 상대방을 위한 것이 아니다.

너희 자신을 위해서 하는 것이다. 언제까지나 상대방에 대한 분노와 원망으로 자신을 옭아매지 마라. 너희의 삶은 그러기 위한 삶이 아니다. 너희의 삶은 자유로워야 한다. 용서하지 못해 자신에게 족쇄를 채워서는 안 된다는 것이다."

"후우, 그럼 용서를 좀 더 편하게 할 수 있는 방법은 없을까요?"

압둘라는 손을 가슴에 올리며 말했다.

"오해를 이해로 바꾸고, 미움을 비움으로 바꾸면 된다."

"너무 쉽게 말씀하시는군요. 오해를 이해로 바꾸는 것도, 미움을 비움으로 바꾸는 것도 말은 쉽지만 실제로 행하기는 얼마나 어려운 줄 아나요?"

"어렵다고 여기는 것은 아니고? 너무 쉽게 이해하고 너무 쉽게 비우면 내가 우습게 보일까 봐 그러는 건 아니냔 말이다."

"……."

"너희가 쉽게 용서하지 못하는 것은 그렇게 해서는 안 될 것 같기 때문이다. 내가 우습게 가볍게 보여서는 안 되고, 세상은 기회를 놓치고 조건을 채우지 않으면 도태될 거라는 생각 때문이지. 무언가를 다시 되돌릴 수 없다는 생각 때문에 쉽게 용서하지 못하는 건 아니냐는 말이다."

"그렇죠. 그때가 아니면 안 되는 것도 있으니까요."

"너희가 용서하는 것도 지금이 아니면 안 되는 것이다."

"……"

"너희는 쉽지 않다는 걸 핑계로 지금이 아니면 안 되는 걸 계속 놓치고 있다. 지금이 아니면 안 되는 걸 잃었다는 것으로 지금이 아니면 안 되는 걸 스스로 놓치고 있는 것이란 말이다."

"후우……. 커피 가지고 올게요."

나는 커피를 핑계로 슬쩍 자리를 피했다. 압둘라의 말에 뭐라 반박할 수가 없었기 때문이었다. 나 역시 살아오면서 이런저런 이유로 받은 상처와 고통들이 있고, 누군가를 원망하고 누군가의 탓으로 여기며 분노했던 적이 있었다. 이미 잊은 일도 있고, 잊지 못한 일도 있지만 압둘라의 말처럼 이해를 하고 미움을 비웠기 때문은 아니었다. 그저 어쩔 수 없었던 것뿐이었다.

나는 커피를 컵에 부어 다시 압둘라에게로 돌아왔다. 내가 커피를 건네자 압둘라는 컵을 받아들고는 눈을 감고 커피 향을 음미했다. 압둘라는 커피 향이 마음에 들었는지 눈을 뜨고 천천히 커피를 마시기 시작했다.

"음……. 커피는 언제나 내 마음을 따뜻해지게 만들지. 고맙구나."

나는 말없이 들고 있던 커피 잔을 들어 응답했다. 우리는 그렇게 한동안 말없이 서로 커피를 음미했다. 한 모금씩 마시던 커피는 어느새 바닥을 보이고 있었고, 나는 남은 커피를 마저 삼키며 말했다.

"아 참, 저 내일 친구가 영화촬영 쪽에서 일하는데 도와달래서 잠깐 나갔다 와야 해요."
"그러시게."

압둘라는 다 마신 컵을 내게 건네며 말했다. 나는 컵을 받아 주방으로 향하며 말을 이었다.

"상황 보고 엑스트라로 나올 수도 있다는데……. 으으, 좀 긴장돼요."
"긴장한다는 건 어떤 상황에서 부정적인 결과가 나올 수 있다는 것에 두려움을 느끼기 때문에 하는 것이다. 그래서 긴장을 많이 하게 되면 실수를 연발하게 되고, 결국은 부정적인 결과를 가져오게 만드는 것이지."

"그럼 긴장하지 않는 방법은 없을까요?"

"물론 있지. 긴장과 비슷한 성향을 띠지만 완전히 다른 결과를 가져오는 감정이 있다. 긴장을 조금만 달리해 이 감정으로 바꿀 수 있게 되면 긴장했을 때와는 180도 다른 결과를 끌어오게 할 수도 있는 감정 말이다."

나는 컵을 주방에 놓아두고는 서둘러 압둘라에게 다가와 물었다.

"그게 무슨 감정이죠?"

"설렘이다."

"……아아, 확실히……. 긴장하고 비슷하긴 하지만 다른 감정이긴 하네요."

"그렇다. 설렘은 긴장과 비슷한 성향을 띤다. 두근거리게 만들고, 흥분되게 만들지. 하지만 긴장은 두려운 결과를 예상하면서 발생하는 감정인데 비해, 설렘은 사랑의 결과를 기대하면서 발생하는 감정이다. 그래서 같은 상황이라도 긴장하는 쪽이 아닌 설레는 쪽을 선택하는 것이 훨씬 좋은 결과를 가져오게 한다."

"흠……."

"같은 상황이라도 긴장보다 설렘을 선택하는 사람이 더

유리한 결과를 낳는다. 내일 있을 상황에도, 앞으로 네가 마주하게 될 수많은 선택의 순간에도 두근거리고 떨리게 만드는 감정은 긴장이 아닌 설렘에 있을 수 있도록 해야 한다. 그렇게 하는 것만으로도 같은 자리, 같은 상황 속에 있는 사람들보다 다른 모습, 다른 생각, 다른 판단을 할 수 있게 된다. 모두가 긴장이란 두려움에 빠져 있을 때, 너만은 설렘이란 사랑에서부터 모든 걸 바라보고, 생각하고, 판단할 수 있게 될 테니 말이다."

"오오……."

압둘라의 말에 나는 순간 두근거렸다. 모두가 긴장하고 있는 사이에 나만은 설렘으로 상황을 즐길 수 있다는 것은 나를 흥분하게 만들었다. 긴장을 설렘으로 바꾸는 것만으로 나만이 볼 수 있고, 생각할 수 있고, 판단할 수 있는 것이 생긴다는 생각은 나를 뭔지 모를 희열에 젖어들게 만들었다. 방금 전까지만 하더라도 내일의 일을 긴장으로 받아들이고 있던 나는 이제 내일을 기대하는 마음으로 바라보기 시작했다. 나는 설레고 있었다. 잘할 수 있다는 믿음과 내일 마주하게 될 일을 기대하는 마음으로 그저 설레고 있을 뿐이었다.

"고마워요, 압둘라! 이제 긴장되지 않아요. 그저 내일 있을 일이 너무 기대될 뿐이에요."

압둘라는 나의 감사의 인사에 그저 미소를 지으며 손을 한 번 들 뿐이었다. 그리고는 다시 책을 들어 책을 읽기 시작했다. 나는 그런 압둘라를 잠시 동안 그저 바라보았다. 그의 정체는 정말 무엇일까? 왜 나를 찾아왔을까? 어디서 왔을까? 속에는 수만 가지 의문이 떠올랐다. 하지만 나는 굳이 그런 생각들을 입 밖으로 꺼내지 않았다. 그가 어디서 무엇을 위해 나를 찾아왔는지는 몰라도 그는 분명 나에게 무언가를 알려주고 있고, 알려주려 한다는 걸 알고 있기 때문이었다.

그리고 무엇보다 내가 그에게 어디서 무엇을 위해 나를 찾아왔냐고 물어보면 그를 다시는 볼 수 없을 것 같은 기분이 들었다. 단 하루가 지났을 뿐인데도 나는 압둘라와 더 많은 얘기를 나누고 싶어졌다. 그와 더 많은 시간을 보내고 싶어졌다. 그건 내가 왠지 모르게 어렴풋이 느끼고 있었기 때문이었다. 압둘라는 자신이 말한 날에 분명 떠날 것이란 걸 말이다.

"압둘라!"

"왜 그러냐?"

나의 부름에도 압둘라는 여전히 시선을 책에다 둔 채로
대답했다.

"내일 친구 도와주고 오면 저랑 밖에 나갈래요?"
"어딜?"
"그냥 여기저기요. 하늘은 높고 땅은 넓으니 어디든지 갈
수 있잖아요."

나의 말에 압둘라는 피식 웃으며 말했다.

"그래, 그러자꾸나."
"네!"

그런 압둘라를 바라보며 나 역시 미소를 보이고 있었다.

압둘라와의

일 주 일

사흘

창조의 비밀

하나님이 가라사대 천하의 물이 한 곳으로 모이고
물이 드러나라 하시니 그대로 되니라

하나님이 물을 땅이라 부르시고
모인 물을 바다라 부르시니
하나님이 보시기에 좋았더라

하나님이 이르시되 땅은 풀과 씨 맺는 채소와
각기 종류대로 씨 가진 열매 맺는 나무를 내라 하시니
그대로 되어

땅이 풀과 각기 종류대로 씨 맺는 채소와
각기 종류대로 씨 가진 열매 맺는 나무를 내니
하나님이 보시기에 좋았더라

저녁이 되고 아침이 되니 이는 셋째 날이니라

(창세기 1:9~13)

나는 압둘라와 함께 찍은 사진을 천천히, 그리고 꼼꼼히 보고 있었다. 사진 속의 압둘라와 나는 무슨 일인지 흠뻑 젖어 있었다. 하지만 그럼에도 우리는 행복한 표정을 지으며 사진을 찍고 있었다. 사진 속의 배경은 공원이었다.

"공원······. 여기가 어느 공원이지?"

계속해서 생각이 날 듯 나지 않는 기억이 나를 더 답답하게 만들었다. 나는 왜 이렇게까지 압둘라에 대한 생각이 나지 않는 건지 알 수 없었다. 내가 왜 압둘라를 잊게 된 건지, 왜 이렇게까지 기억나지 않는 건지······. 압둘라에 대한 기억을 떠올리면 떠올릴수록 나의 머릿속은 더 복잡해져 갔다.

떠오르지 않는 기억을 무리하게 떠올리려고 해서 그린지 머리가 지끈 아파왔다. 나는 미간을 찌푸리며 손으로 이마를 짚었다. 그 상태로 힘겹게 한쪽 눈을 떠 사진을 바라봤다. 그리고 그 순간, 사진 속 나와 압둘라의 모습 뒤에 한 아이의 모습이 눈에 들어왔다.

"얘는……."

"어딜 가는 거냐?"
"그냥 산책이나 하자는 거죠."

나는 압둘라의 팔을 잡아당기며 외출을 서둘렀다. 압둘라
는 마지못해 집을 나섰지만 그래도 싫은 눈치는 아니었다.
날은 화창했다. 춥지도, 덥지도 않아 외출하기에는 더할 나
위 없이 좋은 날씨였다. 적당한 햇살에 시원한 바람이 기분
을 상쾌하게 했다.

"아, 날씨 좋다."
"음……."
"거봐요, 나오길 잘했죠?"

압둘라는 대답 없이 그저 화창한 이 날씨를 온몸으로 느
끼고 있었다. 대답하지 않아도 슬쩍 미소를 머금은 듯한 그

의 표정에서 충분히 그 대답은 느낄 수 있었다. 나 역시 압
둘라가 좋아하는 것 같아 보이자 기분이 좋았다.

우리는 집에서 가까운 공원으로 향했다. 날씨가 좋아서
그런지 공원에는 이미 꽤 많은 사람들로 붐비고 있었다. 우
리는 공원 안에 있는 작은 커피숍에서 각자의 커피를 하나
씩 테이크아웃 해 손에 들고는 공원 벤치에 앉았다. 향긋한
커피와 좋은 날씨에 남부러울 것 하나 없을 만큼 좋았다.

"아아, 이런 게 행복이 아니면 뭐가 행복이겠어요, 그렇
죠?"
"후후, 그렇구나."

우리는 느긋하게 커피를 마시며 좋은 날씨를 만끽하며 지
나다니는 사람들을 구경했다. 사랑스런 연인들, 행복한 노
부부, 귀여운 아이들 등 공원에 있는 사람들을 바라보기만
해도 나까지 행복해지는 것 같았다. 슬쩍 압둘라를 쳐다보
았는데 압둘라도 지금 내가 느끼고 있는 행복을 느끼고 있
는지 미소를 지으며 사람들을 바라보고 있었다.

"꺄하하하하하."

나는 갑자기 우리가 앉은 벤치 뒤로 큰 소리로 웃는 아이의 웃음소리가 들려 뒤를 돌아보았다. 우리가 앉은 벤치 뒤에는 큰 분수대가 있었는데 그 분수대 난간 위로 한 아이가 올라가 웃으며 뛰어다니고 있었다. 나와 압둘라는 해맑게 웃고 있는 아이를 보며 둘 다 아빠 미소를 지으며 바라보았다.

"어어!"

그 순간이었다. 분수대 난간 위를 뛰어다니던 아이가 갑자기 발을 헛디디면서 분수대 쪽으로 떨어지려고 하는 것이었다. 그 모습을 본 아이의 엄마는 놀라 소리를 질렀고, 나와 압둘라는 반사적으로 자리에서 일어나 아이를 향해 몸을 던졌다.

첨벙!

순식간에 일어난 일로 분수대 주위에 있던 사람들은 모두 놀라 하던 일을 멈추고 가던 길을 멈췄다. 분수대를 중심으로 사람들이 모여들기 시작했고, 숨죽여 상황을 지켜봤다.

"괜찮니?"

나와 압둘라는 분수대 안에서 몸을 가누고는 흠뻑 젖은
아이를 일으켜 세워 다친 데는 없는지 물었다.

"네에……."

다행히 아이는 다치지 않은 듯 보였다. 나와 압둘라는 안
도의 한숨을 쉬며 자리에서 일어났다.

"조심해야지. 그래도 다치지 않아서 다행이다."
"……죄송해요……."

아이는 큰 실수를 한 것 같다는 생각이 들어서인지 주눅
이 들어 있었다. 나는 괜찮다는 표현으로 머리를 쓰다듬어
주고는 아이를 안아 분수대에서 꺼내 주었다. 내가 아이를
꺼내 주자 아이의 엄마는 내게 다가와 연신 사과와 감사의
인사를 하고는 아이를 데리고 돌아갔다. 상황이 종료되자
멈춰 서서 구경을 하던 사람들도 모두 뿔뿔이 흩어지기 시
작했다. 나와 압둘라는 흠뻑 젖은 몸을 일으켜 다시 벤치로
돌아와 앉았다.

"하아……."

우리 둘은 누가 먼저라 할 거 없이 동시에 한숨을 내쉬었다. 그리고는 서로를 바라보았다.

"풋……."
"큭, 크하하하."
"하하하하하."

나와 압둘라는 흠뻑 젖은 서로의 몰골이 웃겨 서로를 바라보며 큰 소리로 웃기 시작했다. 그렇게 우리는 한참을 웃어댔다. 얼마나 웃었는지 배가 아프고 눈물이 날 지경이었다.

"하하, 몰골은 이런데 왜 이렇게 행복한지 모르겠네요. 하하."
"큭, 원래 누군가를 돕는다는 건 행복하고 기분 좋은 것이다. 누군가를 돕는다는 건 내가 그럴 수 있다는 능력을 증명하는 일이기도 하니까. 그럴 수 있는 능력이 있다는 걸 재차 확인하는 일은 언제나 행복하고 기분 좋은 일인 것이지. 그리고 너희는 누군가를 돕는 걸 남을 위해서 하는 일이라고 생각하지만 사실은 남을 도우면서 가장 많은 혜택을 받는 것은 언제나 도우려고 하는 자신이다."
"왜요? 이렇게 기분 좋아지니까요?"

"분명 기분이 좋아져서 그런 것도 있다. 기분이 좋아지면 그 기분에 맞는 좋은 일들이 자신에게 올 테니 말이다. 하지만 누군가를 돕는 일에는 그것보다 더 큰 원리가 숨어 있다."

압둘라의 말에 나는 젖은 머리를 털며 물었다.

"더 큰 원리라뇨?"

"너희는 타인을 도울 때마다 더 큰 이익을 보게 된다. 이것은 단순한 원리다. 가령 네가 친구에게 선물로 꽃을 주려한다고 생각해 보아라. 그 친구에게 꽃을 주려면 우선적으로 일단 너에게 그 꽃이 있어야 한다. 아니면 꽃을 살 돈이 있어야 하는 것이고."

"물론 그렇죠."

"너에게 없는 것을 누군가에게 줄 수는 없는 법이다. 이해하느냐?"

"네, 이해했어요."

"바로 거기에 원리는 숨겨져 있다. 너희가 누군가를 돕거나 누군가와 무엇을 나눌 때마다 너희는 너희 자신에게 나눌 만한 여력과 나눌 만한 것들을 이미 소유하고 있다는 증명을 우주에게 하게 되는 것이다. 그래서 너희가 누군가를 돕거나, 누군가와 무언가를 나눌 때마다 우주는 나누려고 하는 사람에게 언제나 나눌 수 있는 상황이 되도록 나누려고 하는 무언가를 채워주게 된다. 결국 나누는 사람은 나누는 그 이상으로 더 채워지는 상황이 펼쳐지게 되는 것이다."

"……음……. 내가 누군가에게 무언가를 준다는 것은 내게 나누려고 하는 그 무언가가 있다는 것을 증명하는 일이니까 우주는 내가 나눌 수 있는 상황이 계속 이어지도록 나누어 줄 무언가로 날 채워준다……. 정리하자면 뭐 그런 건가요?"

"그렇다! 결국 우주는 나누는 사람에게 나누는 그 이상의 것들로 그 사람을 채워주게 되는 것이지. 간혹 뉴스나 신문에 돈 많은 사람들이 엄청난 돈을 기부하거나 사회에 환원하는 것을 본 적이 있느냐?"

나는 뭔가가 기억난 듯 손바닥을 치며 말했다.

"네! 얼마 전 모 기업의 회장인가 하는 사람이 10억을 가난한 사람들을 위해 기부한다고 하는 뉴스를 본 적이 있어요."

"그런 사람들은 이런 원리를 알고 있는 것이다. 자신이 누군가를 위해 10억을 쓴다 하더라도 분명 다시 돌고 돌아 자기 자신에게 그 이상의 무언가가 채워질 것이란 걸 그는 알고 있다. 하지만 가난에 허덕이는 사람일수록 이와 반대로 행하곤 한다. 그들은 나눠줄 게 없기 때문에 다른 사람들에게 인색하게 군다고 말하겠지만 실은 이와는 반대로 생각하고 행해야 한다. 다른 사람들에게 인색하기 때문에 가난해지는 것이라고 봐야 하는 것이지. 계속해서 나눠줄 것이 없다는 인식이 자기 자신을 가난하게 만들고 있는 것이니까 말이다. 가난한 자는 이런 악의 고리를 끊어 내야 한다.

성공하기 위한 가장 빠른 길은 다른 사람의 성공을 돕는 일이다. 다른 사람의 성공을 돕는 것은 자신은 이미 성공의 위치에 있다는 것을 우주에 증명하는 일이 되고, 우주는 인식한 그 모습을 현실로 만들어 내기 위해 움직이기 시작한다. 그러면 어느새 자신의 눈앞에 성공한 자신의 모습이 펼쳐져 있게 되는 것이지."

"아······."

"······그나저나 이만 돌아가도록 하자. 언제까지 이런 몰골로 여기에 앉아 있을 셈이지?"

"네? 아, 잠시만요."

나는 돌아가자며 일어나는 압둘라의 팔을 잡으며 기다리

라는 신호를 보냈다. 압둘라는 의아해하며 자리에 서서 내가 뭘하려는지 살펴보았다. 나는 주위를 둘러보고는 한쪽 방향으로 달려갔다. 압둘라는 그 자리에 가만히 서서 그저 나를 바라보고 있었다.

나는 한 아저씨에게 다가가 무슨 말을 건네고 그 아저씨를 데리고 압둘라에게 돌아왔다. 압둘라는 누구냐는 물음의 표정을 지었다. 그런 압둘라에게 나는 의미심장한 미소를 지어 보였다. 그런 나를 보며 압둘라는 더 모르겠다는 표정을 지었다.

"압둘라! 우리 사진 찍어요."

"뭐?"

"즉석사진 촬영해 주시는 아저씨 모시고 왔어요. 우리 지금 이 모습을 추억으로 남겨요."

"거절하마."

"에이, 이미 돈까지 다 지불했기 때문에 어쩔 수 없어요. 빨리 포즈 취하세요."

"자, 찍습니다."

"자, 빨리빨리."

내가 막무가내로 압둘라와 어깨동무를 하며 포즈를 취하

자 압둘라는 당황해하면서도 어쩔 수 없이 카메라를 바라보며 슬쩍 같은 포즈를 취했다.

"자, 웃으세요. 웃으세요. 어이 참, 웃으시라니까?"

아저씨의 웃으란 소리에도 압둘라가 잘 웃지 않자 아저씨는 큰 소리로 웃으라고 소리쳤다. 아저씨의 큰 소리에 압둘라는 놀란 듯 마지못해 카메라를 보며 활짝 웃어보였다. 그런 압둘라의 모습이 너무 웃겨 나도 모르게 환하게 웃고 있었고, 그 순간의 모습을 아저씨는 카메라에 담았다.

우리는 찍은 사진을 받아 들고 집으로 향했다. 둘 다 머리부터 발끝까지 다 젖었기에 집에 들어서자마자 서둘러 샤워를 마쳤다. 샤워를 하고 옷을 갈아입은 압둘라는 소파에 앉아 덜 마른 머리를 닦고 있었고, 나는 주방에서 우유를 데워 압둘라에게 건넸다. 압둘라는 따뜻한 우유를 받아들어 한 모금 마시고는 좋다는 의미로 컵을 들어 고마움을 표현했고, 나 역시 우유를 한 모금 마시며 압둘라 옆에 위치한 소파에 앉았다.

"아까 우리가 구해준 애, 너무 귀여웠죠? 생긴 것도 귀여웠는데 구해주니깐 미안해하면서 짓는 표정 너무 귀엽지 않았어요?"

"후후, 세상의 모든 아이들은 귀엽고 사랑스러운 존재들이지."

"맞아요. 아이들은 정말 다 순수하고 사랑스러운 것 같아요."

압둘라는 고개를 끄덕이며 나의 말에 동의했다. 나는 우유를 마시면서 구해줬던 아이를 떠올렸다. 아이를 떠올리자 입꼬리가 나도 모르게 올라가고 있었고 그런 나를 바라보던 압둘라는 신문을 집어 들며 말했다.

"이미 미소는 아빠의 미소이구나. 아이라도 갖고 싶은 거냐?"

"네? 아, 아이라뇨. 무슨. 하하하."

"뭐 어떠냐? 맞는 파장의 여인만 있으면 아이야 언제든 가질 수도 있는 거지."

"아이가 태어나는 걸 그리 간단하게 말씀하시면 안 되죠."

"그럼 어떻게 말해야 하는 거지?"

"그, 그건……. 음……. 남녀가 사랑을 나눠서 음……. 그러니까……."

"사랑을 나눈다라……. 그래, 틀린 말은 아니군. 네 말대로 꼭 사랑이 포함되어야 하긴 하지. 하지만 아기를 만드는 일을 네가 말하는 것처럼 단순히 남녀의 잠자리로 생기는 것으로만 여기지는 말거라. 남녀가 만나 한 생명을 만들어 내는 일은 가장 순수하고 원초적인 창조의 일이니까 말이다."

"아, 무, 물론이죠……. 그런데 단순히 잠자리로 아기가 생겨나는 것이 아니면 어떻게 아기가 생겨나는 것이라고 여기면 되죠?"

나의 질문에 압둘라는 신문을 접으며 말했다.

"영혼의 결합! 또 다른 영혼을 만들어 내기 위해 두 영혼이 결합을 하는 일이다. 아기가 생기는 일은!"

"……영혼……말씀인가요?"

"그렇다. 영혼의 결합인 것이지."

내가 이해가 안 된다는 표정을 지어 보이자 압둘라는 신문을 내려놓고 나를 보며 설명하기 시작했다.

"너희의 영혼은 언제나 너희의 육체를 중심으로 파장을

내뿜고 있다. 너뿐만 아니라 모두가 그러고 있지. 그리고 서로가 내뿜는 파장은 서로 비슷한 파장끼리 서로를 끌어당기게 하는 성질이 있다. 그래서 너희는 끼리끼리 어울린다는 말을 하기도 하지. 초록은 동색이란 말 같은.

이처럼 너희는 너희의 파장과 맞는 파장의 사람끼리 어울리게 된다. 그리고 남녀 사이도 이처럼 비슷한 파장을 띠고 있는 사람들끼리 만난다. 호감이라는 이름으로 말이다. 서로가 비슷한 파장을 띠고 있기 때문에 남녀는 서로에게 호감을 느끼기 시작한다. 그리고 서로의 파장이 생각보다 더 같은 성질을 띠고 있단 걸 알게 되면 호감은 곧 사랑으로 변하게 된다.

비슷한 파장의 영혼은 하나가 되려고 한다. 원래 하나의 영혼이었으니 말이다. 영혼은 계속해서 하나의 영혼이 되기 위해 서로를 끌어당긴다. 하지만 어느 정도 가까워지면 더 이상 가까워질 수 없단 걸 깨닫게 된다. 바로 육체라는 벽 때문에 말이지. 하지만 그럼에도 영혼은 하나의 영혼이 되기 위해 계속해서 서로를 끌어당긴다. 계속해서 하나의 영혼이 되길 갈구하면서 말이다. 하나가 되길 바라는 영혼의 움직임으로 인해 서로의 육체는 계속해서 부딪힘을 반복한다. 하나가 될 수 없지만 하나가 되기 위해 발버둥을 치는 것이다.

그 움직임은 어느 순간이 되면 극도에 올라 작은 폭발을 일으키게 된다. 그리고 그 폭발로 인해 너희는 두 개의 영혼을 합친 또 다른 하나의 영혼을 만들어 내게 된다. 그게 바로 창조의 과정인 것이자, 아기가 생겨나는 과정이다. 과학적으로 말하자면 빅뱅이론과도 비슷한 것이지."

나는 그저 멍하게 압둘라의 말을 듣고 있었다.

"저, 저는 지금까지 아이가 태어나는 과정을 이렇게 아름답게 표현한 걸 들어본 적이 없어요. 이건 정말……. 굉장한 일이군요. 새 생명이 만들어지는 건……."

"그래, 굉장한 일이지. 하지만 너희는 그런 창조의 과정은 이해하려 하지 않는다. 그저 더 예쁜 여자와 자고 싶어 하고, 더 멋진 남자와 자고 싶어 하지. 그저 그 창조의 과정에서 일어나는 닿을 듯 닿지 않는 그 쾌감을 느끼기 위해서 말이다."

"……."

"심지어 너희는 너희의 몸을 스스로 변형시키기까지 하면서 사랑을 갈구하기 시작했다. 눈을 더 크게 만들고, 코를 더 세우고, 입을 찢기 시작한 것이다. 더 보기 위해서가 아니라 더 보이기 위해서 말이지. 착각하지 마라. 너희의 눈,

코, 입, 귀를 포함한 모든 신체 기관은 가장 궁극적인 목적을 위해 존재하고 있는 것이다."

"궁극적인 목적은 어떤 거죠?"

"창조를 하기 위한 도구, 창조를 위한 수단으로 쓰기 위해서 존재하고 있는 것이다. 너희가 눈으로 보는 건 창조될 수 있고, 코로 맡는 냄새는 실체가 될 수 있고, 입으로 말하는 것은 일어나게 되며, 귀로 듣는 모든 건 현실이 될 수 있다. 손발의 감각도 마찬가지다. 즉, 너희가 느끼는 모든 오감은 현실의 무언가로 창조할 수 있는 도구가 되는 것이다."

"펜을 찾는 방법이라면서 말해준 그, 그거 말이죠?"

"그렇다."

"그런데 어떻게 해야 현실에서 그런 창조를 자연스럽게 쓸 수 있는 거죠? 우리의 오감은 현실에 맞춰 느껴지고 있잖아요. 눈은 보이고 있는 것을 보고 있고, 귀는 의도와는 상관없이 들리는 것을 듣고 있고, 입은 상황에 맞게 말하고 있어요. 창조하고 싶은 것이 아닌 창조되어있는 것에 맞춰 반응하고 있을 뿐이잖아요."

나는 반박의 의견을 내놓았다. 하지만 나의 말에 압둘라는 고개를 가로저었다.

"그렇다. 네가 말한 대로 너희들은 일반적으로는 그렇게 생각한다. 하지만 너희에게는 신체 기관이 현실에 맞춰 반응하는 것이 아닌 반응하고 싶은 대로 반응하게끔 할 수 있는 방법이 있다."

"그게 뭔데요?"

"그것은 바로 상상이다."

"……아……."

내가 뭔가 이해한 듯하자 압둘라는 말을 이어갔다.

"그래, 바로 상상이다. 너희는 상상으로 보고 싶은 것을 보고, 듣고 싶은 것을 듣고, 말하고 싶은 것을 말할 수 있다. 누구나 충분히 어렵지 않게 그렇게 할 수 있다. 그렇지 않느냐?"

"네, 그렇죠. 상상이라면 현실에 맞춰 반응하는 것이 아니라 상상하는 대로 반응을 이끌어 내게 할 수도 있어요. 다큐 같은 것을 보면 운동선수에게 상상으로 뛰어보라고 했을 뿐인데도 신체 기관은 실제로 달린 것 같은 반응을 보이기도 했고요. 그 말은 우리의 신체 기관은 이게 현실인지 상상인지 구별을 못한다는 얘기일 겁니다."

"그렇다. 너희는 원하는 걸 상상해야 한다. 그리고 그 상상이 현실로 느껴지게끔 모든 신체 기관을 상상에 맞춰 반응하도록 해야 한다. 이것이 너희의 신체 기관이 존재하는 이유다. 눈은 보고 싶은 것을 보고, 귀는 듣고 싶은 것을 듣고, 입은 말하고 싶은 것을 말해야 한다. 상황을 인식하기 위함이 아니라, 상황을 만들기 위한 도구이자 수단으로 모든 신체 기관을 써야 하는 것이다. 너희 사회에서 나름 성공했다고 자부하는 사람들이 책이나 강의를 통해 비전보드를 만들라고 조언하고, 명상을 하기를 권하고, 말하는 대로 이루어진다고 말하는 것은 모두 이 때문이다.

너희의 신체 기관은 모두 창조를 위한 도구이자 수단이다. 너희는 상황에 따라 수동적으로 반응하는 생명체가 아니라는 뜻이다. 너희는 너희 자신이 원하는 상황을 창조하는 능동적이고 적극적인 생명체다. 너희가 어쩔 수 없어하는 현실이란 그 어디에도 존재하지 않는다. 모든 상황은 언제나 너희 자신이 창조해내는 것이다."

"우리는 우리 자신이 얼마나 대단한지 반의반도 모르고 있는 것 같군요."

"그 말 그대로다. 너희는 너희 자신을 너무 모른다. 그 덕에 너희는 너희 자신을 하찮게 여기기도 하면서 신도 하찮게 여기기까지 한다. 그리고 엉뚱한 곳에서 신의 흉내를 내려 하고 있지."

"엉뚱한 곳이라뇨?"

"너희는 너희의 사회를 더 발전시키겠다는 의지로 지구를 파헤치고 있다. 새로운 종을 만들어내려 하고, 새로운 자원을 만들어내려 한다. 신의 능력과도 같다고 여기며 말이지. 하지만 너희가 궁극적으로 파헤쳐야 할 것은 너희 자신이다. 너희가 너희 자신의 힘을 제대로 이해하고 사용하기 시작하면 너희는 외부적인 그 무엇을 새로이 발전시키고 개발할 필요도 없다는 걸 깨닫게 될 것이다."

"그래도 우리의 영역을 벗어난 것도 있지 않을까요? 뭐⋯⋯. 타임머신이라든지?"

"타임머신이 너희의 영역을 벗어난 것이라고? 흥! 말 같지도 않은 소리를 하는군."

나는 좀 당황해하며 말했다.

"아, 아니 그럼 우리가 시간이동을 어떻게 합니까? 말이 안 되잖아요."

압둘라는 나에게 손짓을 하며 말했다.

"여기 앉아 보거라."

나는 주춤했지만 곧 압둘라에게 다가가 그의 옆에 앉았다. 내가 옆에 앉자 그는 나를 마주보며 말했다.

"자, 이제 눈을 감고, 일 년 뒤 오늘 이 날, 이 시간의 너를 상상해보아라. 상상 속에서 지금의 자신을 일 년 뒤, 이 시간에 있는 너라고 인식을 하는 것이다. 일 년 뒤, 이 시간. 이곳에 있는 너의 모습을 바라보는 것이 아니라, 일 년 뒤, 이 시간 이곳에 있는 너로 인식해야 한다는 뜻이다."
"……네……."

나는 그의 지시가 좀 당황스러웠지만 그가 시키는 대로 눈을 감고 일 년 뒤의 나를 떠올렸다.

"지금 너의 상상으로 인해 너의 영혼을 일 년 뒤의 너에게로 이동시켰다. 그리고 지금 네가 인식하고 있는 일 년 뒤의 너의 관점에서 지금의 너를 한번 떠올려 보아라. 일 년 전 나는 이랬지, 저랬지 식으로 말이다……. 어떤 생각이 드느냐?"
"……음……. '일 년 전 이곳에서 압둘라와 이런 상상을 했었는데……. 벌써 일 년이나 지났구나…….'라는 생각을 하고 있어요."

"일 년 뒤의 너는 어떤 감정으로 오늘을 떠올리고 있지?"

"재밌었던 체험이라고 생각하면서 즐거워하고 있어요. 그리고……."

"그리고?"

"……당신을 그리워하고 있어요……."

"그래, 이제 눈을 떠라."

나는 천천히 눈을 떴다. 그리고 살짝 슬퍼진 눈으로 압둘라를 바라보았다. 압둘라는 나의 표정을 읽은 것 같았지만 모르는 척을 하며 말을 이어 갔다.

"너는 지금 시간여행을 한 것이다. 너의 영혼이 일 년 뒤에 있을 너의 육체로 갔다 온 것이지. 넌 상상 속에서 지금의 너를 떠올리면서 즐겁다는 감정도 느꼈다. 그렇지?"

"네……."

"그건 너의 영혼이 일 년 뒤의 너의 육체에 있었기 때문이다. 영혼이 없는 육체가 감정을 느낄 수는 없는 법이니 말이다. 지금은 일 년 뒤의 너로 시간여행을 다녀왔지만 이런식으로 너의 영혼은 과거든, 미래든 그 어디든, 그 언제든 다녀올 수 있다. 이것은 꼭 이런 방법이 아니더라도 너희는 충분히 느끼고 있다. 간혹 시간이 너무 더디게 간다고 느낄 때나 순식간에 지나갔다고 여길 때가 있지 않느냐?"

"네, 있어요. 학교 다닐 때 수업 시간의 10분은 너무 안 가는데 쉬는 시간의 10분은 순식간에 지나간다고 느끼곤 하죠."

"그것은 너의 영혼이 수업 시간에 매달려 있기 때문이다."

"엥? 수업 시간이 지겹게 느껴져서 그러는 건데 수업 시간에 매달려 있는 거라고요?"

"수업 시간에 대해 집중하고 있기 때문이다. 수업 시간 중에는 '수업 시간이 얼마나 남았지?', '아직 멀었나?', '아, 지겨워.' 하는 생각으로 수업 시간에 집중하고 있고, 쉬는 시간에는 '수업 시간까지 얼마나 남았지?', '조금 있으면 또 수업 시간이네.', '금방 수업 시간이 될 텐데.' 하는 생각으로 수업 시간에 집중하고 있다. 결국 영혼은 계속해서 수업 시간에 매달려 있게 되는 것이고, 수업 시간은 항상 길게만 느껴지게 되는 것이다.

너희는 이런 식으로 시간을 조율할 수도 있다. 너희가 모두에게 같은 시간이 주어져 있다고 생각하는 것은 너희가 만들어 놓은 편견일 뿐이다. 너희는 너희가 머물러 있고 싶어 하는 시간에 머물 수 있다. 너희가 60초를 1분으로, 60분을 1시간으로, 24시간을 하루라고 정해놓은 것은 너희의 편의를 위해 임의적으로 만들어 놓은 것일 뿐이다. 신은 너희의 시간이 그런 식으로 흐른다고 정해준 적은 없단 소리다."

"아아……."

나는 납득이 간다는 표정으로 고개를 끄덕였다.

"하지만 이것을 잘 사용한다면 아주 유용하게 쓸 수도 있을 것이다. 기분 좋은 행복한 시간에 더 오래 머물 수 있으며, 힘들고 괴로운 시간은 빨리 보내 버릴 수도 있는 것이지."

"어떻게요?"

"생각을 집중하는 시간에 영혼이 머무른다고 생각할 수 있다면 의도적으로 영혼을 머무르게 하고 싶은 시간에 둘 수 있다는 것이지. 지금이 행복하다면 지금에 집중하여 영혼이 최대한 이 시간에 오래 머물도록 하면 될 것이고, 지금의 시간이 너무 힘들고 괴로운 시간이라면 이미 지나간 시간에 집중하면 된다.

영혼을 그 시간에 두고 지금을 떠올리며 '그땐 참 힘들었었는데 이미 다 지나간 추억거리가 되었구나.'라고 여기며 바라보면 되는 것이지. 그러면 육체는 영혼과 일치되기 위해 영혼이 머물러 있는 시간까지 최대한 빠르게 이동하려 든다. 그것이 너희가 종종 말하는 '돌아보니 어느새 지나간 일'이다."

나는 멍한 표정만 짓고 있었다. 그런 나를 보며 압둘라는 슬쩍 웃으며 말했다.

"어려우냐? 어려울 수도 있겠지만 이것을 의도적으로 조절할 수 있다면 너는 너의 시간을 더 효율적으로 쓸 수 있을 것이다. 이것을 가장 잘 표현한 말귀가 하나 있는데……."
"그게 무슨 말이죠?"
"……이것 또한 지나가리라."
"이것 또한 지나가리라……. 이것 또한 지나가리라……. 아아……."

나는 이해가 될 것 같은 그 말이 계속 머릿속에 맴돌았다.

"이것 또한 지나간다. 이것 또한……."
"그래, 그렇기 때문에 너희는 언제나 좋은 생각에 머물러야 한다. 네가 한 생각은 지금 것이 지나가고 다가올 것이기 때문이다. 너희의 현실은 모두 너희의 생각으로 인해 만들어진 것들이다. 생각은 창조의 언어다. 생각하는 모든 것은 현실로 일어나게 되지. 너희의 세상은 모두 누군가의 생각으로, 혹은 집단이 하는 생각의 덩어리가 현실로 만들어진 것들이다. 네가 바라보고 있는, 네 앞에 펼쳐져 있는 너의 세상도 너의 생각으로 인해 만들어진 것들이고."

"그건 말이 안 되지 않나요? 사람은 누구나 생각을 하고 살아요. 생각을 하지 않는 사람은 없다고요. 당신의 말대로 생각이 현실을 창조하는 거라면 세상에는 수천만 명의 사람들이 있고 그 사람들 모두 생각을 하며 살고 있는데, 그럼 이 세상은 하나가 아니라 수천만 개의 세상이 있어야 되는 거 아닌가요?"

"그래! 네 말이 옳다. 네 말대로 수천만 명의 사람이 있다면 수천만 개의 세상이 존재하게 되는 것이지."

"하지만 세상은 하나뿐이잖아요?"

"아니다. 그저 하나라고 인식할 뿐이지. 사실은 각자 자신만의 세상이 있고, 수천만 명의 수천만 개의 세상이 존재하고 있다."

"……무슨 말인지 모르겠는데요."

"나는 너희가 하나의 영혼이라고 말했다. 하나의 영혼이지만 체험을 위해 각자의 육체를 가지고 이 땅에 태어났을 뿐이라고."

"네."

"세상도 그와 마찬가지다. 너희들은 세상이 하나라고 인식하지만 사실은 모두 자신이 생각하는 각자의 세상 속에서 살아가고 있는 것이지. 그렇기 때문에 같은 세상을 살아가고 있다고 여기지만 누군가는 부유하게 살고 누군가는 가난하게 살아가는 것이다. 또 누군가는 행복한 시간을 보낼 때, 누군가는 지옥 같은 시간을 보내기도 하는 것이고. 모두가 하나의 세상 속에서 살아가고 있는 것이라면 왜 누구는 행복하고 누구는 불행해야 해야 하는 것이냐? 그 기준은 누가 정하는 것이지? 너희는 모두 사랑의 존재인데 말이지. 모두가 같은 세상에서 살아가고 있다면 모두가 행복하거나 모두가 불행해야 하는 게 맞지 않겠느냐?"

"……."

나는 반박을 할 수 없었다.

"너희는 누구나 자신의 생각으로 자신의 세계를 만들어갈 수 있다. 그렇기 때문에 자신의 생각을 늘 점검하고 의도적으로 좋은 생각을 할 수 있도록 생각을 조절해야 하는 것이지. 명심해라. 네가 하는 생각이 너의 세상을 만들어낼 거

다. 너의 생각은 너의 세상에서 그것을 현실로 만들어낼 것
이다.

그러니 무슨 일이 있어도 최상의 결과만을 생각해라. 어
떤 상황에서도 긍정적인 결과만을 떠올려야 한다. 실패를
두려워해 최악의 상황을 떠올려선 안 된다. 그것에 생각을
집중하면 네가 생각한 최악의 상황은 네 눈앞에 반드시 그
모습을 드러내고 말 테니 말이다."

"결국 자신의 생각이 자신의 세상을 만들어 간다는 의미
로군요. 우리는 한곳에서 살아가지만 자신의 생각으로 각자
의 세상을 만들고 그 세상에서 살아가고 있는 거구요."

"그렇다. 그러니 의도적으로 좋은 것들을 생각해라. 사랑
으로 여겨라. 너희가 그러지 않아야 할 이유도 없을뿐더러
할 수 없는 이유도 없다. 너희 각자가 너희 각자의 세상을
사랑으로 채우면 너희의 사회는 자연히 사랑으로 채워진다.
너부터, 나부터 시작하라. 너의 세상에서부터 시작해야 한
다."

나는 가만히 고개를 끄덕였다. 그런데 갑자기 어디선가
'꼬르륵' 하는 소리가 났다.

"······."

"……."

나는 음흉한 눈빛으로 압둘라를 바라보며 말했다.

"압둘라, 배고파요?"
"……흥, 무지한 너를 가르치려 하다 보니 허기가 안 지려
고 해도 안 질 수가 없구나."
"잠시만 기다리세요. 제가 사랑으로 저의 세상에서의 일
급요리를 대령할 테니까."

나는 웃으며 주방으로 향했고 압둘라는 뾰로통한 표정으
로 신문을 다시 집어 들었다. 나는 요리를 준비하면서 압둘
라가 해준 얘기들을 다시 떠올려 보았다. 압둘라의 얘기를
다시 떠올리며 우리는 사랑의 존재이지만 우리는 스스로를
너무 모르고 있다는 생각이 들었다. 나는 압둘라에게서 들
은 얘기를 더 많은 사람들에게 들려주고 싶다는 생각이 들
었다. 요리를 준비하는 내내 어떻게 하면 더 많은 사람들에
게 자신이 사랑의 존재임을 알려줄 수 있을지에 대해 고민
하고 있었다.

나흘

상태의 비밀

하나님이 이르시되 하늘의 궁창에 광명체들이 있어
낮과 밤을 나뉘게 하고
그것들로 징조와 계절과 날과 해를 이루게 하라

또 그 광명체들이 하늘의 궁창에 있어
땅을 비추라 하시니 그대로 되니라

하나님이 두 큰 광명체를 만드사
큰 광명체로 낮을 주관하게 하시고
작은 광명체로 밤을 주관하게 하시며 또 별들을 만드시고

하나님이 그것들을 하늘의 궁창에 두어 땅을 비추게 하시며

낮과 밤을 주관하게 하시고 빛과 어둠을 나뉘게 하시니
하나님의 보시기에 좋았더라

저녁이 되고 아침이 되니 이는 넷째 날이니라

(창세기 1:14~19)

나는 사진을 보며 한참을 울었다. 사진 속의 압둘라에 대한 기억이 떠올랐기 때문이었다. 그리고 내가 왜 압둘라에 대한 기억을 잃었는지, 내가 왜 압둘라를 그리워했는지에 대해서도 기억할 수 있었고, 무엇보다 이제는 압둘라가 이 세상에는 없다는 것 또한 깨달았기 때문이었다.

　사진을 보면서 막혀 있던 벽이 허물어지듯 모든 것이 한꺼번에 기억나기 시작했다. 그러자 나의 머릿속은 온갖 복잡한 감정들로 혼란스러워졌다. 그리움, 고마움, 미안함, 애틋함, 원망, 자책. 혼탁하게 섞여버린 감정들에 나는 그저 자리에 앉아 우는 것 말고는 딱히 할 수 있는 것이 없었다.

　한참을 그 자리에 앉아 울고는 정신을 차리기 위해 일어나 주방으로 향했다. 냉장고 문을 열어 물을 꺼내 벌컥벌컥 마셔대기 시작했다. 눈물로 빠져나간 수분을 채우려 하기라도 하듯이 한꺼번에 떠오른 기억 때문에 체해서 소화라도 시키려는 사람처럼 많은 물을 마셔댔다.

　"하아……."

나는 거친 숨을 내쉬며 물통을 내려놓았다. 시원한 물을 마시고 나자 머릿속이 좀 맑아지는 것 같았다. 그리고 머리가 맑아지면서 해야 할 일들도 생각나기 시작했다. 나는 방으로 돌아가려 손에 든 물통을 냉장고에 집어넣었다.

나는 냉장고 문을 신경질적으로 닫았다. 늦은 아침을 먹기 위해 냉장고 문을 열었지만 들여다본 냉장고 안은 너무 쉽게 나의 기대를 무너뜨리고 있었다. 나가서 간단히 사 먹어야겠다는 생각에 지갑을 열어 봤지만 이내 그 생각마저도 접어야 했다. 냉장고 안도, 지갑 안도 아침부터 나를 한숨 짓게 만들고 있었다.

"하아……."

나도 모르게 깊은 한숨이 나왔다. 이런 상황이 지치고 지겨웠다. 도대체 언제까지 이런 생활을 해야 하는 건지, 개도 안 먹는 돈이 내게는 왜 그리도 없는 건지 답답하고 짜증이 났다.

"왜 그리 깊은 한숨을 쉬는 거냐?"

언제 일어났는지 벌써 커피를 마시며 책을 보고 있던 압둘라는 나의 한숨 소리에 시선을 책에다 둔 채로 내게 물었다. 그런 압둘라를 보며 따지듯이 물었다.

"저는 왜 이렇게 가난한 거죠? 언제까지 이런 생활을 해야 하는 겁니까? 어떻게 해야 돈 걱정 좀 안 하면서 살 수 있는 거죠?"

나의 질문에 압둘라는 이해했다는 표정을 지으며 말했다.

"아하. 너의 그 한숨은 가난으로부터의 표출이었던 것이군. 흐음…… . 가난이라…… ."
"그래요. 저는 왜 이렇게 가난한 거죠? 저뿐만이 아닙니다. 세상에는 저처럼 가난에 허덕이며 살아가는 사람들이 많습니다. 저보다 더한 사람들도 많고요. 하지만 그 반대로 너무나 풍요롭게 살아가고 있는 사람들도 많이 있습니다. 풍요로움이 흘러넘치는 사람들도 많다고요. 누군가는 하루 종일 일하지만 가난합니다. 하지만 누군가는 하루 종일 놀고먹어도 부유하죠. 도대체 이 차이는 어디서 생겨나는 겁니까?"

"흐음…….. 그 차이가 어디서 생겨나는 거냐고 묻는 걸 보니 넌 이 차이가 외부에서 생겨난 것이라고 여기는 것 같군."

"……사실 그렇습니다. 하지만 그렇게 생각할 수밖에 없기도 합니다. 아까도 말씀드렸지만 누군가는 하루 종일 일하면서도 가난에 허덕이지만, 누군가는 하루 종일, 아니 평생을 놀고먹어도 부유하게 살아갑니다. 흔히 말하는 부모를 잘 만난 덕에 말이죠. 이것만 봐도 외부적인 무언가가 풍요의 차이를 만드는 것 아니겠습니까? 선택의 여지도 없이 결정 나버린 경우를 우리는 너무도 쉽게 찾아볼 수 있어요."

"그래, 그렇게 말할 수도 있겠지. 하지만 지금 네가 말하는 결정 나버린 경우에서 즉, 부모의 가난을 물려받은 상황에서 부를 이룬 사람들 역시 너무도 쉽게 찾아볼 수 있다. 이것은 어떻게 설명할 수 있지?"

"그것은 부를 축적할 수 있는 어떤 방법을 찾은 것이라고 생각합니다. 요즘은 자기계발서나 명사들의 강의도 많이 보편화되어 있어서 성공한 사람들의 어떤 방법을 배워서 그런 것 아닐까요? 그리고 그렇게 따진다면 그것 역시 외부적으로 어떤 방법을 찾은 것이라고 볼 수 있을 거고요."

압둘라는 책을 덮고는 나를 바라보며 말했다.

"그렇지 않다. 그들이 그만큼의 부를 이룬 것은 외부적인 어떤 방법을 찾아서가 아니다. 너희에게는 이미 너희가 충분하다고 여길 만큼의 부가 주어져 있다. 너희는 그걸 발견하기만 하면 될 뿐이지. 그들이 부를 이룬 것은 외부적인 그 어떤 방법을 찾은 것이 아니라, 자신에게 이미 주어져 있는 부를 발견해 냈기 때문이다."

"……쉽게 이해가 되진 않습니다."

"너희 모두에게는 이미 너희가 충분하다고 여길 만큼의 부가 주어져 있다. 단지 그걸 찾을 수 있느냐, 없느냐의 차이일 뿐이지. 너희가 부를 축적하기 위해 그 방법을 외부에서 찾을 필요도, 뭔가를 습득할 필요도 없다. 이미 스스로에게 주어져 있는 부를 발견하기만 하면 될 뿐이지."

"발견한다는 것의 의미를 잘 모르겠습니다만……."

"너는 종종 TV나 다른 미디어를 통해 자고 일어나니 세상이 달라져 있었다는 말을 하는 연예인이나 유명 인사들을 본 적이 있을 것이다. 그것은 그들의 말 그대로 세상 자체가 갑자기 달라진 것이 아니다. 그들은 단지 자신에게 이미 주어져 있는 풍요를 발견한 것일 뿐이지.

그것은 언제 어느 순간에 너희에게 주어져야 너희가 발견할 수 있는 것이 아니다. 언제나 매 순간 너희와 함께하고 있다. 너희가 어느 순간 너희 몸에 있는 미생물을 발견했다고 해서 그 미생물이 발견되기 전까지 너희 몸에 없었던 것은 아니다. 언제 어디서나 함께하고 있었지만 너희가 발견하지 못하고 있었을 뿐이지. 너희에게 주어져 있는 부 역시 이와 마찬가지일 뿐이다. 이미 너희에게 주어져 있는 것이지만 깨달을 때까지 사용하지 못하고 있을 뿐인 것이다.

너희가 부를 위한 어떤 방법을 외부에서 찾아야 하고, 뭔가를 습득해야 하는 것이라면 왜 꼭 더 많이 아는 사람이 더 많은 부를 축적하지 못하는 것이고, 더 오래 산 사람이 더 많은 부를 축적하지 못하는 것이냐? 세상에는 갓난아이가 성인보다 더 많은 부를 축적하는 경우도 있고, 더 많이 알지 못하는 사람이 더 많은 부를 축적하는 경우도 숱하게 많이 있다는 걸 너는 이미 알고 있다.

부는 결코 외부적인 것으로 채워지지 않는다. 이미 주어져 있다. 충분하다고 느낄 모든 부가 말이다. 너희는 그저 자신에게 주어져 있는 것을 발견하기만 하면 될 뿐이다. 깨닫기만 하면 될 뿐이다."

"그렇다면 어떻게 찾을 수 있죠? 주어져 있는 부를 어떻

게 찾을 수 있냐 말입니다. 그리고 말씀하신 대로 부를 발
견하고 못하고의 차이일 뿐이라면 왜 부가 있고 없고의 차
이가 아니라 부의 격차가 생기는 겁니까?"

"그것은 너희가 발견해야 하는 것이 바로 자신이 주려는
사랑이기 때문이다."

"……사랑이라고요?"

"그렇다. 나는 너에게 너희의 존재는 사랑이라고 말한 적
이 있다. 기억하느냐?"

"네. 기억하고 있습니다."

"그래, 너희는 사랑의 존재다. 너희가 사랑이 아닐 수는
없지. 그렇기 때문에 너희의 모든 것은 결국 사랑의 행방으
로 이루어진다. 그리고 너희의 부 역시 마찬가지다. 너희가
발견하고 찾아야 하는 것은 너희가 주려고 하는 사랑이다.
너희가 각자 갖고 있는 부의 격차는 바로 여기에서 생긴다.
얼마나 많은 사람들에게 나의 사랑을 전했느냐에 따라 달라
지는 것이지."

"사랑을 전한다는 말은 어떤 의미입니까?"

"사랑을 전한다는 말을 달리 하자면 얼마나 많은 사람들
에게 영향을 끼치고 있느냐로 바꿔 말할 수 있을 것이다.
자신이 얼마나 많은 사람들에게 감동을 주고, 영향을 끼쳤
느냐에 따라 자신의 부가 결정되는 것이다."

"음……. 예를 들어 주시겠습니까?"

"물론 아주 쉽게 예를 들 수 있다. 의사는 무엇으로 돈을 버느냐?"

"환자를 고쳐서 돈을 벌지요."

"그렇다. 의사는 환자의 병을 고쳐줌으로써 감동을 주고 영향을 끼친다. 그리고 그것으로 자신의 부를 축적하지. 그렇다면 선생님은 무엇으로 돈을 버느냐?"

"……학생들에게 지식과 지혜를 알려줌으로써 돈을 법니다."

"그렇다. 선생님은 학생들에게 지식과 지혜를 줌으로써 감동을 주고 영향을 끼친다. 그리고 그것으로 돈을 벌지. 이제 이해하겠느냐?"

"네……. 조금은 알 듯합니다."

"너희는 많은 사람들에게 영향을 주면 줄수록 많은 부를 축적하게 된다. 가끔 너희는 유명한 운동선수나 연예인이 수백억의 계약금을 받고 이적을 하거나 수백억의 계약금을 받는 소식을 접하곤 한다. 그들은 그만큼 세계적으로 많은 사람들에게 많은 감동과 영향을 끼치고 있기 때문에 그만큼의 부를 축적하게 되는 것이다.

결국 너희가 너희에게 이미 주어진 부를 발견한다는 것의 의미는 너희가 다른 사람들에게 자신의 사랑을 어떤 것으로 표출할 것인지를 깨닫는다는 것을 의미한다. 그리고 발견한 그것으로 얼마나 많은 사람들에게 사랑을 전했느냐에 따라 부의 격차가 만들어지게 되는 것이고. 이제 네가 왜 가난한지, 왜 사람들마다 부의 격차가 생기는지에 대해 이해했느냐?"

"……후우, 네. 모든 것이 다 이해되진 않았습니다만 왜 지금 제가 이렇게 가난한지는 조금 알 것 같기도 합니다. 지금 제 영향을……. 그러니까 현재 제 사랑을 느낄 수 있는 사람이 극소수인 것만큼은……알겠습니다."

나는 조금 기운 빠진 목소리로 대답했다. 그런 나를 보며 압둘라는 힘내라는 듯이 내 어깨를 조금 토닥였다. 압둘라 나름대로의 위로의 표현이었겠지만 나는 왠지 무시당하는 듯한 느낌이 들어 압둘라의 팔을 뿌리쳤다. 압둘라는 나의 행동에 이해가 안 된다는 표정을 짓고는 다시 책으로 시선을 돌렸다.

나는 압둘라를 뒤로한 채 내가 무엇으로 사람들에게 영향을 끼칠 수 있을지를 생각해 보았다. 그리고 머지않아 결국 내가 고민하고 있는 이것이 나의 꿈을 찾는 일이기도 하다는 걸 깨달았다. 그제야 나는 많은 사람들이 책과 강의를 통해 자신의 꿈을 찾고 꿈을 이뤄야 한다고 했던 말들을 조금씩 이해할 수 있을 것 같았다.

하지만 어떻게 생각해 보면 다시 원점인 것만 같아 실망스럽기도 했다. 나는 신경질적으로 압둘라를 째려보고는 한소리 하려 했지만 속으로 꾹 눌러 참으며 다시 주방으로 향했다. 나는 있는 것 없는 것 다 꺼내 요리를 시작했다. 야채를 꺼내 씻고 냉동실에 넣어 두었던 카레가루를 꺼냈다. 빠른 손놀림으로 야채를 다듬고 카레가루를 물에 붓고 순식간에 카레를 완성시켜 끓이기 시작했다.

카레를 올려놓은 나는 손을 닦으며 압둘라를 불렀다.

"그런데 압둘라."

나의 부름에 압둘라는 시선을 책에 둔 채 팔만 들어 계속 말을 이어가라는 제스처를 보냈다.

"방금 하신 말씀 중에 자신의 사랑으로 얼마나 많은 사람들에게 영향을 미치느냐에 따라 부의 격차가 생긴다고 하셨는데 세상에는 수없이 많은 사람들에게 영향을 끼치면서도 부유하지 않은 사람들도 많이 있습니다. 예를 들어 마더 테레사라던가, 심지어 예수도 그러했죠. 그들은 왜 부유하지 않은 거죠? 그들은 셀 수도 없이 많은 사람들에게 영향을 끼쳤습니다. 그들의 사랑으로 말이죠."

"……넌 정말 그들이 부를 축적하지 못했다고 여기느냐?"

나는 흥분하며 말했다.

"네, 당연하죠. 그들은 절대 부유하지 않아요. 부유하게 살고 있지 않아요. 그건 분명하다고요."

"넌 내가 하는 말을 다시 제대로 이해해야 할 거다. 나는 분명 물었다. 넌 그들이 부를 축적하지 '못'했다고 여기는지를 물은 것이다."

"……."

나는 무슨 말인지 바로 이해가 되지 않아 선뜻 대답을 하지 못했다. 압둘라는 읽고 있던 책을 덮어 놓고는 나를 바라보며 말을 이었다.

"그들은 부를 축적하지 못한 것이 아니다. 단지 부를 축적하는 쪽을 선택하지 않았을 뿐이지."

"……그냥 말장난 같아 보이는데요?"

내가 시큰둥하게 말하자 압둘라는 황당하다는 표정으로

말을 이었다.

"이게 말장난 같아 보인다고? 하, 웃기는구나. 자, 제대로 들어라. 넌 그들이 부유할 수 없었기 때문에 진정 그러한 삶을 선택하고 있다고 여기느냐? 예수가 가난했다고 누가 그리 말하더냐? 마더 테레사가 가난하다고 누가 그리 말하더냐? 그들은 그들에게서 필요한 모든 것을 쓰고 사용하고 있다. 그들은 단지 네가 말하는, 너희가 말하는 기준의 부를 축적하고 있지 않을 뿐이다. 그들은 이미 그들의 기준에서 충분히 부유하다고 볼 수 있다."

"……그들의 기준……에서요?"

"그래, 그렇다. 만약 지금의 마더 테레사의 자리에 마더 테레사가 아닌 부유하기를 원하는 다른 사람을 그 자리에 둔다면 그는 과연 부를 축적할 수 없었을까? 네가 과연 예수의 자리에 있다고 생각해봤을 때 너는 과연 부를 축적할 수 없다고 생각할까? 예수가 수없이 많은 기적을 일으키고, 오병이어의 기적까지 일으켰다는 것을 네가 알고 있음에도?"

"……."

나는 대답하지 못했다. 압둘라의 말대로 분명 내가 마더 테레사의 자리나 예수의 자리에 있었다면 나는 충분한 부를 축적할 수 있었을 거란 생각이 들었다. 그들이 이미 갖고 있는 인지도와 능력으로 능히 그렇게 할 수 있을 거라 생각되었다.

"너희의 영혼은 모두가 부를 이용하여 자신의 사랑을 증명하려 하지 않는다. 일부는 자신의 사랑을 증명하기 위해 부를 필요로 하지만, 일부는 부가 아닌 다른 것으로 사랑을 증명하려 한다. 네가 말한 마더 테레사나 예수와 같은 사람들은 자신의 사랑을 증명하기 위해 부를 필요로 하지 않는다. 부가 아닌 다른 것들을 필요로 할 뿐이지. 그것은 자신의 사랑으로 자신이 필요한 무언가를 끌어온다는 것 자체로는 동일하다. 단지 끌어오게 하려는 그 주체가 다를 뿐이다.

이것은 너희 입장에서 생각해 봐도 쉽게 알 수 있는 부분이다. 너희는 모두가 부자가 되는 것을 성공이라 여기진 않는다. 누군가에게는 돈이 성공의 기준이 될 것이지만, 누군가에게는 명예가, 누군가에게는 희생이 성공의 기준이 되기도 한다. 각자의 꿈이 다르고, 좋아하는 것이 다르고, 추구하는 것이 다른 것은 이 때문이다. 누군가는 돈이 곧 행복이겠지만, 누군가는 돈이 행복을 뺏는 악한 것이라고 여긴다. 마치 컵에 반쯤 담긴 물을 보고 누군가는 '물이 반밖에 없네?'라고 하지만, 누군가는 '물이 아직 반이나 남았네?'라고 하는 것처럼 말이다.

너희들이 육체를 가지고 이 땅에 태어난 것은 각자의 사랑을 증명하기 위함임을 잊지 마라. 같은 체험, 같은 것을 추구하기 위해서라면 너희가 이 땅에 태어날 필요는 없었을 것이다. 너희에게는 너희 각자의 사랑이 있고, 너희 각자의 증명이 있다. 할 수 있고 없고의 문제가 아니라 그러길 원하고 원하지 않고의 차이만이 있을 뿐이다."

나는 고개를 끄덕였다. 알 것 같았기 때문이었다.

"너희에게는 너희 모두가 충분히 가질 만큼의 자원도 있으며 사랑을 증명하기 위한 필요한 모든 요소들이 이미 창조되어 있다. 단지 너희는 그것들을 알아챌 수 있기만 하면 된다. 각자의 사랑을 증명하기 위한 것들을 말이다."

"알아챈다는 건 어제 말씀하신 풍요를 발견하는 것과 같은 맥락인가요?"

"아니, 비슷하지만 조금 다르다. 어제 내가 너에게 말한 것은 이미 너에게 주어져 있는 것을 깨닫는 것이지만 이것은 네가 너의 사랑을 증명하기 위해서 무언가에 의미를 부여하는 일이다."

"의미를 부여하는 일……."

"그렇다. 방금 내가 말했듯이 너희에게는 이미 너희가 너희의 사랑을 증명하기 위해 필요로 하는 모든 요소들이 창조되어 있다. 하지만 그것들은 스스로 '나는 너에게 필요한 무엇이야.'라고 나서지 않는다. 그 모든 것들은 네가 의미를 부여하기 전에는 그저 죽은 존재로 숨죽여 있을 뿐이다."

"죽어 있다고요?"

"그렇다. 다양한 의미로 죽어 있다고 볼 수 있지."

"쉽게 설명해 주세요."

"그러지. 네가 가령 누군가와 사랑에 빠져 연인 관계가 되었다고 생각해 보자. 너는 그 사람과 만나면서 많은 것이 바뀌게 되었다. 평소 먹지도 않던 콜라를 좋아하게 됐고, 평소에는 보지도 않던 공포영화를 좋아하게 됐다. 그건 왜 그런 거라고 생각하느냐?"

"그야……. 좋아하는 사람이 좋아하는 것을 저도 같이 좋아하고 싶기 때문이죠."

"그렇다. 네가 말한 것을 달리 말하면 넌 지금까지 콜라나 공포영화에 아무런 의미를 두고 있지 않았다는 것을 의미한다. 하지만 좋아하는 사람으로 인해 콜라와 공포영화에 특별한 의미를 부여하게 된 것이고, 네가 의미를 부여하자 그제야 콜라와 공포영화는 생명을 부여받게 되었다. 너에게 인식되는 경우에서는 말이지.”

　나는 박수를 한 번 치며 탄식을 했다.

“아…….”

“너희가 흔히 하는 말로 누군가를 좋아하게 되자 세상이
달라져 보인다는 말 역시 이와 마찬가지인 것이다. 너희의
세상은 너희가 어떤 의미를 부여하느냐에 따라 달라진다.
알아챘다는 건 너희가 각자의 사랑을 증명하기 위한 것들에
의미를 부여함으로써 깨닫게 되는 것들을 말한다. 지금까지
보이지 않았던 것들이 의미를 부여함으로써 보이기 시작하
는 것과 같은 것이다.

　너희에게 주어진 세상은 너희가 보려 하는 것만큼 보이
고, 담으려 하는 만큼 담을 수 있게 된다. 누군가가 부에 어
떤 의미를 부여하느냐에 따라 부의 축적의 기준도, 부의 유
무도 나누어지게 되는 것이며, 증명의 기준을 무엇에 두냐
에 따라 자신이 축적하는 것도 나누어지게 되는 것이다.

　너희 기준에서는 누군가는 가난하고, 누군가는 부유하고,
누군가는 행복하고, 누군가는 불행하다고 말하겠지만 세상
은 정확하고 평등한 기준과 원리에 의해 돌아가고 있다. 그
러니 그 차이를 외부에서 찾지 마라. 그 모든 것은 너희 스

스로가 결정하고, 너희 스스로가 선택해온 것일 뿐이다.

신은 언제나 너희가 원하는 걸 가져다줄 뿐이다. 너희가 간절히 원해 두려움을 안게 해주었고, 너희가 원해 이 땅에서 체험을 하도록 해주었다. 그럼에도 너희는 신을 향해 '왜 나를 버리셨나이까?'라고 하는 기도를 해대고 있는 것이다."

나는 왠지 숙연해졌다. 그런 나를 보고 있던 압둘라는 좀 미안한 마음이 들었는지 표정을 풀며 말했다.

"괜찮다. 너희는 갈수록 성장하고 있다. 그리고 너도 성장하고 있다. 나와 얘기를 하고 있는 사이에도 말이다. 너희는 갈수록 더 나은 선택을 할 것이다. 해를 거듭하고, 생을 반복하면서 말이다. 그러니 슬퍼하지도 괴로워하지도 말거라."

"⋯⋯네. 감사합니다."

압둘라와 얘기하고 있는 사이에 완성된 카레는 향긋한 특유의 향을 내뿜고 있었다. 나는 서둘러 밥과 카레를 덜어 늦은 아침을 먹었다. 밥을 먹으면서 압둘라에게 몇 번이나 밥을 먹지 않겠냐고 권했지만 압둘라는 고개를 저으며 사양

했다. 압둘라가 먹는 거라곤 오직 마시는 것뿐이었는데 나는 굳이 압둘라에게 왜 밥을 먹지 않느냐는 질문은 하지 않았다. 왜 그렇게 생각했는지는 모르겠지만 그냥 처음부터 압둘라에게 밥은 어울리지 않는다고 생각했다.

나는 서둘러 먹은 그릇을 설거지하고 나서 컴퓨터 앞에 앉아 컴퓨터를 켰다. 얼마 전에 보고 온 면접의 결과를 메일로 오늘 보내준다고 했기 때문이었다. 나는 컴퓨터가 다 켜지자 떨리는 마음으로 서둘러 메일을 확인했다.

'새로 온 메일 0통'

하지만 메일은 아직 오지 않았다. 면접 본 회사에서 합격이든 불합격이든 메일은 보내 준다고 했었기에 나는 자리에 앉아 계속해서 초조하게 새로 고침을 누르고 있었다. 한참을 기계적으로 새로 고침을 하던 나는 갑자기 새로 온 메일함에 1통의 메일이 온 것을 확인하고는 흥분하기 시작했다.

메일을 보낸 곳을 확인해 보자 내가 면접을 보고 온 회사에서 온 메일이 틀림없었다. 기다리고 있던 그 메일이 맞는 것이었다. 나는 두근거리는 마음을 진정시키며 메일의 내용을 확인하기 위해 메일을 클릭했다. 그리고 천천히 메일의 내용을 확인했다. 하지만 곧 한숨을 내쉬는 내가 있었고,

나는 신경질적으로 메일을 삭제해 버렸다. 결과는 '불합격'이었던 것이다.

"하아……."

나는 의자에 기댄 채로 머리를 뒤로 젖히고는 방의 천장을 바라보며 한숨만 계속해서 쉬고 있었다.

'뭐가 문제일까? 스펙? 외모? 이제 또 어디에 이력서를 넣어야 하지? 얼마나 더 이 짓을 해야 하지?'

온갖 생각에 잠겨 뉴스에서 나오던 청년 취업률을 절감하고 있었다. 나는 의자 뒤로 몸을 더 젖혀 소파에서 책을 읽고 있는 압둘라를 쳐다보았다.

"그래, 뭘 물어볼 거지? 취업?"

압둘라는 시선을 책에 두고 있으면서도 내가 어떻게 자신을 보고 있는 걸 알았는지 내가 묻기도 전에 말을 했다.

"……네. 왜 이렇게 취업이 안 되는 거죠? 그냥 요즘 사회의 현상일 뿐일까요? 아니면 제가 잘못하고 있는 걸까요?"

압둘라는 고개를 끄덕이더니 나를 쳐다보며 말했다.

"그래 좋다. 말해주마. 자, 지금 내가 단언하건데 지금의
너로는 앞으로도 취업을 하기가 어려울 거다."

나는 압둘라의 말에 놀랐지만 놀란 것보다 발끈한 것이
더 컸기에 노려보며 되물었다.

"……왜죠?"
"너희는 너희가 집착하는 것으로부터 더 멀어지기 때문이
다."

나는 압둘라의 말에 약간 어금니를 물고 말을 했다.

"……알기 쉽게 설명해 주세요."
"그러지. 달리 말하자면 너희가 집착하는 그 무엇은 결국
너희에게 없다는 것을 증명하고 있다는 것이다. 너희가 집
착하는 이유는 그것이 네게 없기 때문이다. 너희는 없기 때
문에 집착한다고 말할 수 있겠지만, 그러한 행동은 계속해

서 너희가 집착하는 그 무엇이 없는 상태를 유지하도록 만든다."

"……왜 그런 거죠? 없기 때문에 집착하는 겁니다. 있다면 처음부터 집착 따위 하지 않을 거구요. 그런데 집착할수록 더 없게 만든다니 이건 무슨 심보죠?"

나는 기분 나쁜 티를 팍팍 내며 말을 했다. 간절히 바란 취업이 물거품이 되자 괜히 압둘라에게 화풀이를 하고 있는 거라고 생각이 들었지만 상관하지 않았다.

"내가 분명 전에 말한 적이 있을 것이다. 너희는 갖고 있는 감정이 그대로 현실로 일어나게 만든다고 말이다. 지금 네가 말한 집착은 사랑에 있는 것이냐, 두려움에 있는 것이냐?"

"……두려움……일 겁니다."

"너는 스스로 이미 답을 알고 있다. 확실한 답을 말해 보거라."

"……싫어요."

"이것 또한 인간이 가지고 있는 특성 중 하나지. 알고 있으면서 인정하지 않는 것 말이다."

압둘라는 나의 태도에 한계를 느끼는지 자신도 슬슬 투덜거리기 시작했다. 나는 속으로 너무 예의가 없었나 하는 생각을 하며 압둘라를 달래듯 말하기 시작했다.

"……그래요. 이미 얘기를 하면서도 어느 정도 느끼고 있었습니다. 집착이 두려움에서 나온 감정이고, 두려움에서 나온 감정이 결코 나 자신에게 이득이 될 리가 없다고 느끼고 있었다고요."

"흠……. 왜 이득이 될 리가 없다고 생각했느냐?"

"전에 말한 질투와 같은 원리이지 않을까 생각했습니다. 질투가 상대방이 가지고 있는 것이 내게는 없다는 것을 증명했던 것처럼 집착도 현재 내가 가지고 있지 않다는 것을 증명하는 것이라면 집착을 하면 할수록 우주에 내가 현재 그것을 가지고 있지 않다는 것을 주장하게 될 테고 우주는 계속해서 내게 집착하는 그 무엇을 가지지 못한 상태를 유지하게 만들겠죠."

압둘라는 고개를 끄덕이며 계속 얘기해 보라는 제스처를 보냈다.

"제가 취업에 계속 실패한 것도 이러한 원리일 겁니다. 저는 취업에 집착했죠. 하지만 그런 행동은 제가 계속 취업하지 못한 상태임을 증명한 것이 되었을 겁니다. 결국 스스로 계속해서 취업하지 못한 상태를 유지하고 있었던 것이겠죠. 결국 제가 취업하지 못한 이유는 외모나 스펙도 아니었을 겁니다. 제가 머물고 있었던 상태가 가장 큰 원인이었군요…….”

나는 스스로 말하면서 스스로를 이해하고 말았다. 그리고 그것이 더 슬퍼졌다. 그런 나를 보며 압둘라는 말없이 그저 바라보고만 있었다.

“그럼 어떡해야 이 상태를 벗어날 수 있는 거죠? 제가 무엇에 초점을 맞춰야 하는 겁니까?”

“너는 숲을 보듯이 시간을 멀리, 넓게 볼 필요가 있다. 지금의 시간에만 매여서 현재의 상태에만 머물고 있는 것이 아니라, 멀리 이미 취업되어 있는 시간을 바라보고 그 시간의 상태에 머물러야 하는 것이다.”

“……취업에 성공한 자신을 떠올려 보란 건가요?”

“조금 더 나아가라. 이미 취업을 해 회사에 다니고 있는 자신을 떠올려야 한다. 숲을 보면 나무는 자연히 채워지듯이 이미 회사를 다니고 있는 너는 취업에 성공하지 않으면

할 수 없는 행동이다. 그러니 이미 회사를 다니고 있는 자신에게서부터 시작하여야 한다."

"원하는 결과가 아닌 결과가 이미 자리 잡은 상태에서부터 생각하란 뜻이군요."

압둘라는 웃으며 말했다.

"그렇다. 너희는 의도적으로 생각이 머물려고 하는 시간, 생각을 집중시키려고 하는 시간을 선택해야만 한다. 그래야 너희 자신이 원하는 시간에 머물 수 있고, 원하는 것을 가져올 수 있는 것이지. 지금 현재에 부족한 것에 생각을 집중하고 생각을 머물게 하고 있으면 계속해서 그 부족한 현재에 머물러 있을 수밖에 없다. 그것은 너희 자신을 저주하는 짓이다. 너희는 무한한 창조의 존재다. 너희 스스로 너희를 가두는 것을 창조해서는 안 되는 것이다."

"그런데 말씀하신 대로 한다면 사람들이 저를 조금 이상하게 생각할 것 같은데요? 이미 이루어진 상태에 생각을 머물게 하면 말과 행동도 이미 이룬 사람처럼 할 테니까 말이죠."

"물론 그럴 수도 있다. 하지만 굳이 다른 사람들에게 네가 생각하고 보고 있는 것들을 말할 필요는 없다. 그것은 그저 너만이 그리 여기면 될 뿐이다. 어디서 누군가가 '여기 직장인 계십니까?' 하고 물어봤을 때 나도 모르게 손을 번쩍 들 정도로 말이다."

나는 의문스럽다는 표정으로 말했다.

"아무래도 미친 사람처럼⋯⋯볼 것 같은데요⋯⋯?"
"많은 사람들이 예수를 미친 사람으로 여겼지만 그보다 더 많은 사람들이 그를 따랐다는 것을 너는 알고 있느냐? 굳이 네가 이렇게 살아가는 것이 아니다 하더라도 누군가는 너를 싫어할 것이고, 누군가는 너를 믿지 않을 것이다. 외부적인 시선이 두려워 그렇게 하지 못하겠다는 것은 핑계일 뿐이다."

나는 괜히 움찔해 달리 대꾸를 할 수 없었다. 우물쭈물하다 다시 압둘라에게 되물었다.

"하지만 사람은 모두 하루에도 수천만 가지의 생각을 하며 살아갑니다. 생각을 그 상태에 계속해서 머물게 하기는 힘들 것 같은데요?"
"그것은 의도적으로 너에게서 나오는 신호에만 반응하도

록 하면 된다."

"저에게서 나오는 신호요?"

"그래. 너희의 언어로는 직관이라고 말할 수도 있겠지. 너희는 모두 스스로에게 계속해서 신호를 보내고 있다. 네가 말하는 상태에 가기 위해서는 '이렇게 해야 돼. 저렇게 해야 돼.'라는 식으로 말이다. 하지만 너희는 외부적인 것에 그것을 대입해 보고는 그 신호를 무시해 버린다. 그리고 그 신호를 계속해서 무시하다 보면 어느새 다시 너희의 생각은 현실로 돌아와 버리고 만다."

"……좀 쉽게 말씀해 주시죠."

"음……. 그럼 예를 하나 들어 보자. 지금 너에게는 5만 원의 돈이 있다. 그리고 네 동생의 생일이 바로 오늘이라고 생각해 보자."

"네."

"너는 오늘 동생의 생일 선물로 동생이 갖고 싶어 하는 장난감을 사 줘야겠다고 마음을 먹었다. 그래서 동생을 데리고 근처 장난감 가게로 향했다. 선물 받은 동생은 분명 기뻐서 어쩔 줄 몰라 할 거라는 확신을 가진 채 말이다.

가게에 들어선 동생은 신이 난 채로 정신없이 장난감을 고르기 시작했다. 그런 동생을 보고 있자니 너도 괜히 흐뭇해졌다. 한참을 정신없이 장난감을 고르던 동생은 자신의 마음에 드는 장난감 하나를 골랐다. 하지만 너는 이내 이런 저런 생각에 잠기게 되었다. 동생이 골라온 장난감의 가격을 확인했기 때문이었다.

동생이 골라온 장난감의 가격은 4만 원이 넘는 금액이었다. 너는 금액을 확인하고 순간 머릿속에서 이 장난감을 사고 난 뒤의 상황을 떠올렸고 이런저런 생각에 잠기게 되었다. '남은 돈으로 언제까지 버틸 수 있지?', '내야 할 돈이 있는데…….' 이런 생각이 점점 생기기 시작하면서 점점 두려움에 잠식당하기 시작한다.

결국 너는 동생을 달래 2만 원대의 장난감을 사 주었다. 결국 동생은 선물받은 장난감에 기뻐하기는 하지만 이내 아까 마음에 들었던 장난감을 사지 못한 실망감에 마냥 기쁘지만은 않을 것이고, 너는 동생을 위해 돈을 쓰는 희생을 보였지만 사 주고도 왠지 미안한 마음이 들게 되었다.

너에게는 분명 처음 동생과 너도 행복해질 수 있는 직관이 떠올랐다. 하지만 현실적인 부분과 외부적인 요인을 직관에 접목시켜 직관을 왜곡시켰다. 결국 여기서 너도 동생도 그 누구도 직관에 따른 행복을 찾지 못했다. 하지만 너희는 이렇게 왜곡된 직관에 따른 결과를 가지고 양쪽 다 합리적인 선에서 행복을 추구했다고 말한다.

하지만 이것은 너희 스스로의 자위일 뿐이다. 직관이 이

끄는 길에선 그 누구에게도 양보를 요구하지 않는다. 그 누구에게도 합리적인 행복을 부여하지 않는다. 그때의 너희가 받을 최상의 행복을 정확하고 분명하게 너희에게 가져다준다."

"……믿기 어렵군요. 믿을 수 없다는 것이 아니라 믿고 행동하기까지가 어렵겠다는 뜻입니다."

"그래, 그래서 너희는 계속해서 그 자리의 합리적인 선에서의 변화밖에 이루지 못한다. 그렇게 매번, 매 순간의 주어진 신호를 무시하면서 너희는 밤새 기도를 올린다. 도와달라고 말이지."

"하지만 매번 직관에 따르기에는 상황은 언제나 급변합니다. 생각을 바꿀 수밖에 없는걸요."

"상황이 급변해서 생각을 바꾸는 것이 아니라, 생각을 바꾸기 때문에 상황이 급변하는 것이다. 너희는 사랑과 동시에 두려움을 함께 느끼기 때문에 떠오른 생각은 두려움에 서서히 잠식당하기 시작한다. 그 두려움은 직관의 실패에 대한 생각에 머물도록 만들고, 그 생각은 서서히 상황을 급변시켜 직관의 결과에 도달하지 못하게 만든다."

"그럼……그렇게 되는 건 어쩔 수 없는 거 아닌가요? 원하든 원치 않든 사랑과 두려움을 동시에 느끼는 거라면 말이죠."

"너희가 직관이라는 신호를 받았을 때 해야 하는 것은 두 가지다. 첫 번째는 처음 든 생각 즉, 초심을 유지하는 것과 최대한 신속하게 그 신호에 따른 행동을 하는 것이다. 앞서 예를 든 것처럼 동생의 선물을 사 줘야겠다는 직관이란 신호를 받았다면 가격이나 앞으로의 생활에 대한 걱정이 들었을 때 처음 그 동생의 기뻐할 모습을 보고 싶다던 초심으로 돌아가야 하는 것이며, 그 초심에 대한 것을 유지하기 위해 최대한 신속하게 그 물건을 사 동생에게 선물을 했어야 한다.

하지만 너희는 초심의 다음 생각에 대부분 지고 만다. 그래서 다음 생각으로 초심을 죽여 버리고 만다. 하지만 초심은 너희가 다음 생각으로 두려워하는 모든 것을 이미 알고 있다. 그럼에도 직관이란 신호로 초심을 보내는 것은 너희가 두려워하는 모든 것을 채워줄 수 있기 때문이다. 너희가 직관이란 신호에 믿음을 가지고 행동으로 옮기게 된다면 너희가 생각하지 못한 방법으로 너희가 두려워하는 모든 것을 채워 준다. 하지만 너희는 그것을 믿지 못한다."

"왜 믿지 못하는 거죠?"

"그렇게 길들여져 왔기 때문이다. 아주 오래전부터 너희의 주체인 영혼이 아닌 육체에 길들여져 왔기 때문이다."

"그렇게 길들여져 왔다는 건 무슨 의미입니까?"

"말 그대로의 의미다. 너희는 아주 오래전부터 육체의 신호에 길들여져 왔고, 현실적인 것에 맞게 생각하도록 길들여져 왔다."

"누구에게서요?"

"너희의 부모, 그 부모의 부모, 그 부모의 부모로부터. 아주 오래전부터 너희는 대대로 그렇게 길들여져 왔다."

"자세히 좀 말씀해 주세요."

"너는 지금도 아이를 다루는 부모의 모습을 종종 볼 수 있을 것이다. 아이가 무엇을 만지려 하거나 먹으려고 할 때, 부모는 언제나 아이를 제지시킨다. 왜 그렇지?"

"위험하니까 그렇죠."

"그래, 바로 그렇다. 너희는 그런 식으로 현실에 길들여져 간다. 육체의 신호에 더 귀를 기울이기 시작한다."

"하지만 그건 어쩔 수 없는 거 아닌가요? 아이는 그 물체가 위험하다는 걸, 자신이 다칠 수도 있다는 걸 모르고 있잖아요. 부모로서 아이가 다치는 걸 그럼 그냥 보고만 있으란 겁니까?"

"아니, 나는 이것을 비방할 생각은 없다. 그저 왜 이렇게 된 건지에 대한 설명만을 할 뿐이다. 이것은 옳고, 그름의 문제가 아니다. 그저 바라본 현상에 대한 분석일 뿐이지."

"……계속 해주십시오."

"갓 육체를 가지고 태어난 아이는 이 육체를 가지고 체험을 하려 한다. 만지려 들고, 먹어보려 하고, 느끼려고 한다. 이때의 아이는 육체의 손상에 대한 아무런 두려움이 없다. 오직 체험을 추구하는 영혼의 바람만이 존재할 뿐이다.

하지만 아이의 부모는 아이의 육체가 손상당하는 것을 막으려 한다. 그리고 아이 스스로가 자신의 육체를 온전히 유지할 수 있도록 계속해서 두려움을 심어 준다. '이건 위험한 거야.', '만지지 마.', '안 돼.'라는 말들로 말이지. 아이를 키워본 사람들은 알고 있다. 아이에게 지속적으로 무언가에 대한 공포심을 알려 주면 어느 순간 아이들이 스스로 이런 말을 한다는 것을. '이건 하면 안 되는 거예요.', '이건 만지면 아픈 거예요.' 이런 식으로 너희는 계속해서 대를 이어자신의 아이들에게 위험 요소를 알려 주며 두려움을 심어준다. 그리고 이제 두려움에 길들여진 아이는 모든 것을 두렵다는 전제하에 생각하기 시작한다. '없으면 어떡하지?', '실패하면 어떡하지?', '다치면 어떡하지?'라는 생각들로 말이다.

하지만 사실 너희가 육체를 그런 식으로 다룰 필요는 없다. 육체는 그저 체험을 위한 수단일 뿐이다. 영혼은 자신이 원하는 체험을 위해 육체의 상태를 따지지는 않는다. 영혼은 자신이 체험에 필요한 조건을 만들기 위해서 육체의 변형을 시키기도 한다. 처음부터 일반적이지 않는 육체의 형태를 형성시켜 태어나게 하기도 하며, 살아가다가 육체를 변형시키기도 한다. 심지어는 육체를 사라지게 하기도 한다. 영혼에게 육체는 그저 체험을 위한 수단일 뿐이다."

"그러면 우리는 육체를 아무렇지 않게 막 굴려도 되는 겁니까?"

"지금 네가 한 질문에 사랑은 내포되어 있느냐?"

"……."

"착각하지도, 오해하지도 마라. 영혼이 육체의 상태를 상관하지 않는다는 것은 육체를 고의적으로 해한다는 의미가 아니다. 영혼의 모든 의지는 사랑임을 증명하고 체험하기 위한 것이다. 너희가 너희의 의지대로가 아닌 무엇으로 큰 변화를 겪게 되었을 때 너희는 '왜 하필 이런 일이 나에게?'라는 생각이 아닌 '나는 이것으로 무엇을 깨닫고, 무엇을 할 수 있는가?'를 생각해야만 한다.

하지만 너희가 영혼의 의지가 아닌 외부적인 것에 맞춰 생각하고 판단한 행동을 영혼에게서 온 신호라고 왜곡시켜서는 안 된다. 이미 일어난 일을 부정적으로 바라볼 필요는 없지만, 너희가 부정을 갖고 일으킨 사건을 합리화시키지는 말라는 뜻이다.

너희의 모든 것은 신성한 것이다. 사랑으로 창조된 사랑 그 자체의 존재다. 사랑이 아닌 것에 애쓰지 말고, 사랑이 아닌 곳에 머물려 하지 마라. 오직 언제나 사랑이 사랑으로 존재하여 사랑에 머물기를 기도해야 한다."

"흐음……."

"그래, 너희는 그렇게 다시 한번 생각해 봐야 한다. 너희가 육체를 소중히 다루는 것은 훌륭한 일이지만 육체를 소중히 다루는 것을 이유로 너희 영혼의 신호를 죽여서는 안 된다. 초심을 잃어서는 안 된다. 영혼은 육체가 어디에 머물든 어떤 상태인지든 관심을 두지 않는다. 그저 어떤 존재로 있으려고 하는지에만 관심을 둔다. 그래서 영혼은 계속해서 사랑을 체험할 수 있는 신호를 보낸다.

너희는 외부적으로 덜 위험하고, 더 편할 수 있다고 판단하여 이 신호를 죽이고 왜곡시키지만 여기서 가장 큰 역설은 너희의 가장 큰 편안함은 바로 영혼의 그 신호에 있으며 너희 영혼이 추구하는 바로 그곳에 있다는 점이다. 너희는 너희가 더 좋은 것이라고 생각하면 할수록 좋은 것에서 멀어지게 되는 것이다.

불가능한 건 없다. 불가능하다고 말하기 전에는. 나빠질 리 없다. 나빠질 거라고 믿기 전까지는. 하지만 너희의 생각은 불가능한 요소들을 불러오고, 나빠질 수 있는 상황들을 떠올린다. 그럴 수 없는 영혼의 신호를 말이다."

"……왜 믿지는 못하는 거죠? 믿을 수만 있다면 초심을 그렇게 왜곡시키지도 않을 텐데 말이죠."

"그것 역시 길들여져 왔기 때문이다. '세상에 공짜는 없다.', '돈 벌기는 어렵다.', '사는 건 쉽지가 않다.'라는 말들로 말이다. 어릴 때부터 이렇게 길들여져 온 너희들에게 어느 순간 영혼이 이끄는 길로 가기만 하면 모든 것은 다 알아서 이루어진다는 말은 너무 달콤해서 절대 믿을 수가 없게 되는 것이지."

"……그……. 신이 직접 다시 한번 얘기해주시면 안 되나요?"

"이미 수없이 얘기해 왔다. 누군가의 입을 통해, 누군가의 책을 통해, 누군가의 음악을 통해서, 수많은 선각자들을 통해서 말이다."

"아니, 그런 방법 말구요. 그 누구도 의심할 수 없는 신의 형태로 말씀해주실 순 없냐 이 말입니다."

"신을 어떤 것으로 단정 지어서는 안 된다. 신은 그저 그 자체이다. 신은 그 무엇이자 그 무엇도 아니다. 신은 너희를 포함한 모든 것이지만, 그 무엇에도 포함되지 않는다. 하지만 설령 네가 원한 그런 방법으로 나타나 알려 준다 하더라도 너희는 일부는 믿겠지만 일부는 믿지 않으려 할 것이다."

"……왜죠?"

"그것도 그렇게 길들여져 왔기 때문이다. 지금도 수많은 메시지를 누군가는 믿지만, 누군가는 비판한다. 그 어떤 존재를 대입해도 이와 마찬가지이다. 그것은 이미 오랜 시간 그렇게 하도록 길들여져 왔기 때문이다. 그렇게 기가 막힌 방법이 존재할 리 없고, 그렇게 축복받은 존재일 리 없다고 스스로 여기면서 말이다."

"음……. 그럼 어떡해야 하죠?"

"그래도 분명한 건 너희는 점점 깨달아 가고 있다는 것이다. 갈수록 더 많은 사람들이 외적인 것이 아닌 내면을 돌아보고 시작하고 있고, 자신의 생각을 의도적으로 돌아보고 있다. 자연을 해치고, 스스로를 해치는 일에서 벗어나 친환경적이고, 평화를 외치는 사람들이 늘어나고 있다. 지구의 더 깊숙한 곳을 파헤치는 것보다 자신의 내면을 더 파헤치려 하는 사람들이 늘어나고 있다.

이러한 사람들이 후손을 낳고, 그 후손에게 어릴 때부터 그들이 모든 가능성과 사랑의 존재임을 알려줄 수 있다면 세상은 더 많은 사랑을 증명할 수 있게 될 것이다. 그렇게 모든 사람들이 사랑임을 이해하고 서로가 자신의 사랑을 증명하게 되는 날. 너희는 다시 하나의 존재로 돌아가게 될 것이다."

"……세상이……끝난다는 건가요?"

"너희의 의미에서는 그렇게 볼 수도 있겠지만, 진정한 의미에서 볼 때 그날은 너희에게 진정한 자유의 날로 받아들여지게 될 것이다."

"……."

나는 순간 두려워졌지만 미소를 지으며 말하는 압둘라에게 이것에 대해 더 물어볼 수는 없었다.

닷새

목적의 비밀

하나님이 이르시되 물들은 생물로 번성케 하라
땅 위 하늘의 궁창에는 새가 날으라 하시고

하나님이 큰 바다 짐승들과 물에서 번성하여
움직이는 모든 생물을 그 종류대로,
날개 있는 모든 새를 그 종류대로 창조하시니
하나님이 보시기에 좋았더라

하나님이 그들에게 복을 주시며 이르시되
생육(生育)하고 번성하여 여러 바닷물에 충만하라
새들도 땅에 번성하라 하시니라

저녁이 되고 아침이 되니 이는 다섯째 날이니라

(창세기 1:20~23)

방으로 돌아온 나는 서둘러 나갈 채비를 하고 있었다. 시
계는 벌써 10시가 넘어가고 있었지만 나는 지금 꼭 가야 할
곳이 떠올랐다. 바닥에 놓여 있는 압둘라와 찍은 사진과 차
키를 챙기고 외투를 입으면서 신발을 신었다. 그리고 서둘
러 문을 열고 나섰다.

　나는 아침부터 꽤나 분주하게 움직이고 있었다. 시계를
몇 번씩이나 확인하면서 씻고 나갈 채비를 서두르고 있었
다. 이런 나를 압둘라는 턱에 손을 괸 채로 계속 지켜보고
있었다.

"왜 그리 서두르느냐?"

　나는 압둘라의 물음에도 옷을 입는 것에 집중하며 대답

했다.

"오늘 친구가 미국에서 귀국하거든요. 비행기 시간에 맞춰 공항에 마중 나가려고요."
"흐음⋯⋯."

나의 대답에 압둘라는 다시 생각에 잠긴 듯한 표정으로 나를 쳐다보았다. 그리고는 무표정한 표정으로 말했다.

"네가 이러는 건 역시 그 친구를 사랑하기 때문이지?"
"네?"

쿵!

"아아!"

나는 갑작스런 압둘라의 말에 바지를 입다가 넘어지고 말았다. 다시 일어나 바지를 마저 입고는 손사래를 치며 대답했다.

"에이, 아니에요. 걔는⋯⋯. 물론 좋은 애이긴 하지

만……. 오랜 친구이기도 하고……. 또……아, 암튼! 우린 그냥 친구예요. 친구일 뿐이에요!"

내가 당황스러워하며 대답하자 압둘라는 이해가 되지 않는다는 표정을 지었다.

"사랑하지 않는다면 왜 굳이 친구를 마중하기 위해 공항으로 나가려는 거지?"

"아, 그건……. 그냥 어……. 아! 짐이 많거든요. 짐이. 짐좀 들어주려고, 아니 들어달라고 해서요. 하하……."

"친구의 부탁이 있었다고 하더라도 사랑이 없다면 하지 않을 행동이다. 지금 네 행동에는 사랑이 내포되어 있는 것이 분명해."

나는 얼굴이 빨개져 더욱 세차게 손사래를 치며 말했다.

"아, 아니. 아니라니까요? 그냥 친구일 뿐이에요, 저희는."

압둘라는 왜 이러냐는 표정을 지었다.

"……너는 지금 내 말을 오해하고 있는 듯하구나. 너는 지금 내가 말하는 사랑이 남녀 사이의 사랑이라고 단정 짓고 있다. 그렇지 않느냐?"

"아……."

정곡을 찔린 나는 순간 멍해졌다.

"사랑을 한정적으로 만들지 말라. 모든 관계에도, 모든 상황에도 사랑은 내포되어 있다. 너희가 찾고 있지 못할 뿐이지. 지금 네가 마중 나가려고 하는 친구가 남성이었다고 하더라도 너는 지금 네가 말한 의미의 사랑과는 다른 의미의 사랑으로 친구를 만나러 가지 않았겠느냐?"

"……그, 그렇죠."

"너희는 세세하게 부모와 자식 간의 사랑, 남녀 간의 사랑, 형제간의 사랑, 친구와의 사랑 등등 수많은 사랑으로 나누지만 우리가 볼 때 그 모든 사랑은 그저 하나의 사랑에 포함된 사랑일 뿐이다. 모든 것은 사랑에서 파생된 감정이자 사랑에서부터 시작된 생각과 행동이다."

"음……. 그럴 수도 있겠군요. 하지만 사랑 같은 두려움도 있고, 두려움 같은 사랑도 있는데 이는 어떻게 구별할 수 있죠?"

"사실 사랑이 전혀 내포되어 있지 않은 감정이란 존재하지 않는다. 사랑과 두려움은 어느 쪽에 더 많이 치우쳐져 있는가에 따라 구별될 뿐이다. 너희의 모든 것에 사랑이 전혀 없는 것은 그 무엇도 없다. 네가 앞서 사랑하는 데 두려워한 일에 대한 물어본 적이 있다. 기억하느냐?"

"네, 기억하고 있어요."

"그 역시 두려움이 대부분을 잠식하고 있는 것이지 사랑이 전혀 존재하지 않는 건 아니다. 너희가 그 선을 확실히 깨닫게 하기 위해서 현재 자신이 어느 길에 서 있는지를 돌아보라고 얘기를 했지만, 두려움의 길에 있다 하더라도 사랑이 없는 건 아니다.

누군가를 사랑하면서도 두려움을 느낀다. 하지만 그럼에도 불구하고 사랑을 선택하고 결국 서로 사랑에 이를 수 있는 길은 사랑과 두려움의 경계선에서 계속 왔다 갔다 한 것이다. 그리고 결국에는 사랑이 두려움을 잠식한 것이다.

그 무엇에도 너희가 사랑이 아닐 수는 없다. 네가 어디서 누구와 무엇을 하든 사랑을 잃을 수는 없다. 너희는 사랑 그 자체이기에 너희 자신을 잃을 수는 없는 것이다. 너희가 종종 사랑이 없다고 느끼는 곳에도 사랑은 분명 존재한다. 너희가 악마라고 말하는 전범이나 살인범에게도 사랑은 있다. 그들 역시도 자신의 사랑을 증명하기 위해 그 어떤 선택을 하는 것이다."

"그건 인정하고 싶지 않네요. 누가 그런 사람들을 사랑할 수 있고, 그들의 행동 어디서 사랑을 찾을 수 있단 말입니까?"

"너는 진정 그들이 그들 자신의 의지만으로 그 모든 일을 행해 왔다고 생각하느냐?"

"……그게 무슨 말이죠?"

"너희가 말하는 너희 역사상 최악의 전범인 히틀러가 과연 그 혼자만의 힘으로 그 모든 일을 일으켰다고 믿고 있느냐고 물은 것이다. 그를 부정하고 두려워하는 사람이 있었던 만큼 그를 사랑하고 그를 지지한 사람들도 수없이 많았다. 실제로 지금까지도 그를 존경하고 그를 지지하는 사람들은 많이 있다. 살인범들도 마찬가지다. 그들에게 살인의 이유는 존재했고 살인의 목적은 존재했다. 그곳에 자신들 나름대로의 사랑이 존재하고 있고, 그런 그들을 사랑하는 사람들은 있었다.

사랑이 존재하지 않는 것은, 존재 자체가 없는 곳이다. 사랑은 없는 듯하지만 단지 다른 형태와 다른 색을 띠고 있을 뿐이다. 모든 것은 신의 사랑으로 태어났다. 신의 사랑으로 존재한다. 너희가 그렇고, 이 세상이 그렇고, 온 우주가 그러하다. 그런데 너희가 생각하는 대로 사랑이 없는 사람이 존재하고, 사랑이 없는 행동이 일어날 수 있겠느냐?"

"……."

"너는 종종 자신의 자식을 죽인 살인범을 용서하고 사랑으로 품은 이야기를 본 적이 있을 것이고, 자신의 자식을 죽인 살인범의 부모를 만나 서로 이해하고 사랑하는 이야기도 본 적이 있을 것이다. 이것은 그저 일어날 수 있는 아름다운 모습이 아니다. 그들의 모습이 어디에서 파생되고 발생되었는지를 확인해 보라.

모든 사건은 그저 일어나는 일이 없다. 모든 일은 사랑 없이 일어나지 않는다. 그 어디에도 그 누구에게도 사랑은 존재한다. 명심해라. 너희가 사랑이 아닐 수는 없다. 너희가 사랑이 아닐 수는 없기에 사랑 자체를 의심할 필요는 없다. '내가 이 사람을 사랑하나?', '내가 이 사람을 사랑해야 하나?' 이런 생각에 잠길 필요는 없다. 단지 너희가 언제나 해야 하는 생각은 '지금 나의 사랑은 무엇을 위하려 하는가?' 하는 것이다."

"지금……. 나의 사랑은……. 무엇을 위하려 하는가?"

"그렇다. 사랑은 언제나 어디서나 존재하기 때문에 존재 자체에 대한 의문을 품을 필요는 없다. 단지 그 존재의 목적이 무엇인지에 대한 의문만을 품어야 한다. 이 사랑으로 나는 무엇을 하려 하는지, 이 사랑으로 나는 어디에 가려

하는지, 이 사랑으로 나는 무엇을 느낄 것인지를 깨달아야
한다.”

“음…….”

“그래, 그렇게 생각해야 한다. 네 사랑은 지금 무엇을 위
하려 하는가?”

“……전 마중 나감으로써 친구가 기뻐하는 걸 보려 했어
요. 이런, 늦겠다.”

나는 압둘라의 질문에 갑자기 나가야 한다는 걸 깨닫고는
서둘러 마저 옷을 입기 시작했다. 신발을 신고 나가면서 겉
옷을 입는 나의 모습을 압둘라는 그저 흐뭇하게 바라보고만
있었다.

나는 서둘러 차에 올라타 시동을 걸었다. 라이트를 켜고
조금 거칠게 차를 몰기 시작했다. 이미 10시가 넘은 시간임
에도 차도는 많은 차들로 북적였다. 마음은 급한데 앞을 가
로막고 있는 차들로 인해 좀처럼 나가질 못하자 나는 애꿎

은 핸들만 치고 있었다.

쾅!

나간 지 얼마 되지 않아 돌아온 나는 신경질적으로 문을
닫았다. 집에 들어와서도 구시렁거리며 투덜거리고 있는 나
를 보며 압둘라는 왜 그러냐는 표정을 지었다. 그 표정을
보고 있자니 나는 왠지 더 열 받는 듯했다.

"아무것도 묻지 마세요. 말할 기분 아니니까."
"그러지."
"……."
"……."

나의 말에 약 올리듯이 조용히 내 옆에서 나를 쳐다보고
있는 압둘라의 행동에 나는 더 짜증이 나기 시작했다.

"아, 그냥 말해 줄게요. 그게 그러니까……."

"어, 그래그래."

기다렸다는 듯이 호응하는 압둘라의 태도가 얄미웠지만 그냥 얘기하고 털어버리자는 생각에 나는 계속해서 말을 이었다.

"제가 친구 마중 나간다고 나갔잖아요."

"그래, 그랬지."

"그런데 저 말고도 다른 애들도 부른 거예요. 그것도 세 명이나 말이죠. 나 참, 어이가 없어서……. 다 같이 밥 먹자는데 저는 그냥 짜증 나서 먼저 온 거예요."

"……하나 물어봐도 되느냐?"

"뭔데요?"

"네가 어디에 무엇 때문에 짜증이 난 건지 자세히 알려다오."

"……."

나는 압둘라의 질문에 바로 대답하지 못했다. 그러고 보니 어디서 왜 짜증이 난 건지 정확하게 짚을 수 없었던 것이다. 내가 대답을 못하고 있자 압둘라는 손가락으로 나를 가리키면서 말했다.

"너는 네가 마중 나감으로써 그 친구에게 무엇을 바란 것이다. 하지만 상황은 너의 기대와는 다르게 흘러갔고 네 기대와 다른 결과에 너는 그 친구에게 실망하고 화가 난 것이다. 그렇지 않느냐?"
"아, 아니……."

나는 선뜻 아니라고 부정하진 못했다. 분명 그러했다. 나가기 전에 나는 무언가를 기대했고, 나에게만 마중 나와 달라고 한 것이 아닌 것에 실망했다.

"저는……. 아마……. 그 친구에게 좀……특별한 존재이길 원했던 것 같네요……."

압둘라는 나의 말에 그것 보라는 듯한 표정으로 손가락을 까닥거리며 말했다.

"역시!"
"……."

내가 뭔가 잘못한 사람처럼 주눅 들어있자 압둘라는 나를 다독이며 말했다.

"괜찮다. 물론 네가 올바른 관계 형성을 하고 있다고는 볼 수 없지만, 그런 관계를 행하고 있는 건 비단 너뿐만이 아니니까 말이다."

"……그게 무슨 말이죠?"

"너뿐만이 아니라 너희 대부분이 사실 그런 식의 관계를 형성해 나가고 있다는 것이다."

"……그럼 문제될 거 없지 않나요?"

압둘라는 고개를 끄덕였다.

"그래, 그리 문제될 건 없다. 네가 문제될 거 없다고 여긴다면 말이다. 하지만 너희가 지금 행하고 있는 관계 형성의 방식에서 무엇을 위해 사랑을 하는가를 살펴본다면 너희가 말한 기준에서 문제가 발생한다."

"어떤 문제요?"

"이런 식의 관계 형성으로 인해 지금 너의 반응처럼 너희는 좋지 않은 감정을 가지게 되니까 말이다. 관계를 형성함으로써 너희는 더 큰 사랑을 증명해야 하는데 지금 너는 그와는 반대되는 감정만을 체험하고 있지 않느냐?"

"……그럼 어떻게 하면 되나요?"

"너희는 대부분 관계를 형성할 때 상대방의 기준에서 생각한다. 상대방이 무엇을 좋아하는지, 무엇을 원하는지, 무엇을 받을 수 있는지 등 무엇이든 상대방의 기준에서 생각한다."

"……그것은 배려 아닌가요? 좋은 거 같은데요?"

압둘라는 고개를 저었다.

"이것을 너희는 배려라고 말하지만 결코 배려라고 할 수 없다. 그저 자신이 원하지도 않는 희생을 하고 있는 것이다. 너희는 모든 인간관계를 자신에게서부터 생각해야 한다."

"이기적으로 굴란 건가요?"

"모든 관계를 상대방이 원하는 것에 맞추지 말고, 자신이 줄 수 있는 것에 맞추라는 것이다. 너희는 관계를 맺을 때 상대방이 원하는 것을 주려는 데 맞추거나, 상대방에게서 받고 싶은 것에 맞춘다. 지금 방금 네가 그랬듯이 말이다.

너는 마중 나간 그 친구에게서 받고 싶은 무언가를 기대하며 그 친구의 요구에 응했다. 하지만 그 친구에게 받고 싶어 했던 그 무언가를 받지 못하자 너는 불쾌해하며 집으로 돌아왔다. 이것이 전형적인 너희들의 관계 형성의 모습이다.

하지만 너희는 너희가 줄 수 있는 것에 맞춰 관계를 형성해야 한다. 너희가 무엇을 줄 수 있고, 무엇을 줌으로써 어떤 존재가 되려 하는지를 선택해야 한다. 이런 식으로 관계를 네가 원하는 모습으로 형성시키는 것이고, 그 형성된 관계를 통해 내가 어떤 모습으로 존재하려 하는지를 선택하는 것이다."

"형성된 관계로 어떤 존재가 되려 하는지를 선택하라는 말씀은 이해가 잘 안되는군요. 어떤 존재가 된 채로 누군가와 관계를 형성하는 것이 아닌가요?"

"물론 어떤 의미로는 그렇다. 하지만 사랑이 사랑을 증명하기 위해 두려움을 안고, 차가움을 알기 위해 뜨거움을 체험하듯이 너희도 너희 존재 자체를 증명하기 위해 관계를 형성하며 살아간다. 너의 주위에 누군가로 인해 너는 어떤 인격의 존재인지가 증명된다. 하지만 그 증명을 상대방에 맞춰서는 안 된다는 것이다. 네가 줄 수 있고, 주려 하는 것으로 너의 존재를 증명해야 하는 것이다.

너희의 방식대로는 관계가 네 기대와 달라질 때마다 너는 실망하고 관계 형성에 실패했다고 생각하게 된다. 하지만 네가 주려 하는 것으로 관계를 형성하게 되면 너는 언제나 너의 존재를 네 스스로 결정할 수 있게 되고, 그 관계에 실망하거나 실패했다고 여기지도 않게 된다. 너의 관계를 위해 네 사랑이 무엇을 주려 하는지에만 관심을 두게 될 뿐이다. 이런 식으로 관계를 형성하게 되면 너는 상대방이 어떤 상태를 보이든 모든 관계를 축복할 수 있게 된다. 그리고 사랑에 머물 수 있게 된다."

"참, 아이러니하네요."

"너희는 이미 이것에 대해 알고 있다. 너희의 학문 중 하나인 심리학에서는 너희가 결혼하기 가장 적절한 때는 혼자 살아도 부족함이 없고 더없이 행복할 때라고 말한다. 이것은 방금 내가 말한 관계 형성과 다르지 않은 것이다. 관계 형성을 가장 잘하는 사람은, 사랑을 가장 잘 이해하는 사람은 자기중심적이고 자기애가 강한 사람이다."

"좀 충격적인 말이네요."

"이것을 왜곡해서 듣지 마라. 사랑을 줄 수 있는 사람은 사랑이 있는 사람이다. 내가 주려 하는 것에 집중할 수 있는 사람은 자기중심적인 생각을 가진 사람이다. 단지 그뿐이다. 부정하고 왜곡한다 하더라도 이것이 진실이다. 네가 그 친구에게 주려 하는 것만 생각하고 있었다면 네가 지금처럼 짜증이 나지도, 실망하지도 않았을 것은 분명한 사실이니 말이다.”

“……인정할 수밖에 없네요…….”

“지금 상황을 부정하지 마라. 그저 축복하라. 적어도 넌 이 일로 인해 무언가를 생각하고 깨달을 수 있는 계기가 되었으니.”

나는 그저 고개를 끄덕일 뿐이었다. 그렇게 한동안 나는 압둘라의 말대로 생각에 잠겨 있게 되었다. 오늘의 일에 대해서, 그리고 지금까지 내가 해온 사람들과의 관계 형성에 대해서 한참을 그렇게 생각에 잠겨 있었다.

한참을 혼잡한 차도에서 진을 뺀 다음에야 겨우 고속도로를 탈 수 있었다. 고속도로에 올라선 나는 거침없이 가속페달을 밟기 시작했다. 지금이 아니면 안 될 것 같았다. 지금 꼭 가야 할 것 같았다. 일분일초라도 빨리 그곳에 가고 싶었다. 아니, 가야만 할 것 같았다. 나는 출발하기 전에 챙겨온 사진을 꺼내 다시 보았다. 사진 속에 환하게 웃고 있는 나와 압둘라의 모습을 다시 바라본 나는 사진을 옆 좌석에 내려놓으며 속도를 올렸다. 그리고 사진 속 주인공의 이름을 나지막이 중얼거렸다.

"진성아……."

딸깍! 딸깍!

나는 오후 내내 컴퓨터 앞에서 열심히 인터넷을 검색하고 있었다. 내가 몇 시간째 컴퓨터 앞에 앉아 꼼짝하지 않고 있자 압둘라는 궁금했는지 나에게 다가왔다.

"뭘 그리 열심히 하고 있는 것이냐?"

나는 시선을 계속 모니터에 둔 채로 대답했다.

"아아, 학원을 좀 찾고 있어요. 시험 치기 전에 학원 좀 다닐까 해서……."

"무슨 학원 말이냐?"

나는 압둘라에게 고개를 돌리며 말했다.

"교원 자격증 시험을 볼 거거든요. 제 꿈이 선생님이라서 시험 치기 전에 학원에 좀 다닐까 하는데 학원이 워낙 많아서 이것저것 비교해 가면서 가장 괜찮은 학원을 찾고 있는 거예요."

"그렇군. 그런데 너는 방금 네 꿈이 선생님이라고 했는데 네 꿈에 대해서 좀 더 자세히 말해줄 수 있느냐?"

"……그냥 선생님이 꿈인데요? 선생님이 돼서 학생들을 가르치면서 사는 게 제 꿈인데요?"

"……지금 너도 그렇고, 너희는 종종 자신의 꿈을 직업군에 맞추는 경향이 있더군. 아니, 거의 대부분이 그렇더군."

"그럼……. 어디에 맞춰야 하나요?"

"너희가 꿈을 꾸는 이유는 뭐냐?"

"……그 꿈을 이루면 행복하기 때문이죠."

"네 직업이 선생님이면 행복한 것이냐?"

"……그럴 거 같은데요?"

"너희는 너희가 목표로 두고 있는 목적을 어떤 상태가 아닌 어떤 지점에 두고 있는 경향이 많다. 하지만 이건 너희가 가장 잘못 생각하고 있는 것 중 하나다."

"어떤 지점. 어떤 상태……. 이건 무슨 차이가 있죠?"

"네가 만약 꿈이 선생님이라고 한다면 선생님이 되는 것에 생각을 맞추는 것이 아니라 선생님이 되어 어떤 일들을 하고, 어떤 감정을 일으킬 것인지에 대해 생각해야 한다. 선생님이란 타이틀을 따는 것에 집중하는 것이 아니라, 선생님이 이미 되어 벌어지는 일과 그 일로 인해 발생되는 사랑에 집중해야 된다는 것이다."

"……왜 그래야 하죠? 선생님이 되면 어쨌든 선생님이 되어 벌어질 일은 저절로 벌어지게 되는 것이지 않나요?"

압둘라는 나의 반론에 고개를 가로저었다.

"너는 이런 경우를 종종 보아 왔을 것이다. 복권 1등에 당첨되었는데 몇 년 가지 못하고 다시 빈털터리가 됐다는 얘기 말이다. 그들은 복권 1등에 당첨되는 것에 생각을 집중했거나 혹은 부자가 되는 것에 생각을 집중했을 것이다. 그리고 결국 그들의 열정은 그것을 현실로 만들어냈다.

하지만 그들은 얼마 가지 못해 다시 빈털터리가 되고 말았다. 왜냐면 그들은 부자가 되었을 때 그 돈을 어떻게 써야 할지, 그 돈이 생겼을 때 어떤 상황을 일으킬지에 대해 아무런 생각도 하지 않았기 때문이다. 그 돈으로 인해 벌어질 일과 그 일로 인한 사랑이 어떤 식으로 일어날지에 대해서는 아무런 생각을 하지 않은 것이다. 그들의 생각은 돈이 발생하는, 단지 그곳까지만 닿아 있게 되는 것이다."

"그 돈이 생기는 것에 생각을 두는 게 아니라 그 돈을 어떻게 쓸 것인지에 생각이 닿아 있어야 한다는 말씀인가요?"

"그 돈을 어떻게 써서 어떤 사랑을 일으킬 것인지의 단계까지 생각이 닿아 있어야겠지. 너의 꿈도 마찬가지이다. 너처럼 어떤 여자아이가 선생님이 꿈이라고 가정해 보자. 학생 때부터 꿈을 이루기 위해 열심히 공부하고 오직 그것만을 바라보고 인내하고 고뇌하며 나아갔다. 그리고 결국 그녀는 선생님이란 자신의 꿈을 이루었다. 그녀는 너무 기뻐했고 행복했다. 하지만 선생님이 된 뒤로 그녀는 더 이상 무엇을 바라보고 나아가야 할지, 무엇에 집중해야 할지 아무런 의욕도 의지도 찾아볼 수 없게 되었다. 그토록 자신이 원하는 꿈에 도달했지만 끝없는 허탈감과 허무함만이 그녀를 맞이하고 있다.

너는 이런 경우를 많이 보아 왔을 것이다. 주변에서, 누군가의 얘기에서, TV 속의 뉴스에서 충분히 듣고 보아 왔을 것이다. 너희는 꿈이라는 목표의 목적을 어느 지점에 두고 나아가서는 안 된다. 너희의 꿈은 어떤 감정 상태로 있느냐에 두어야 하는 것이다. 부자가 빈털터리가 되는 것은 막상 목표로 둔 부자의 자리에 올랐지만, 그 꿈을 이루고 나자 이제는 그 돈을 잃을까 하는 두려움에 잠식되기 때문이다. 부자라는 꿈에만 집중했기 때문에 돈으로 인한 사랑의 상태가 아닌 두려움의 상태에 머물게 되어 버린 것이다.”

“단순히 선생님이 꿈이라는 말 한마디에 이렇게 복잡하게 얽혀있는 줄은 몰랐네요…….”

압둘라는 내 말에 고개를 저었다.

“그렇지 않다. 이건 복잡한 것이 아니다. 단지 모든 것을 사랑의 기준에서 보면 될 뿐이다. 너희는 사랑의 존재이기 때문에 사랑이 없는 것에서 너희가 원하는 것을 찾을 수는 없으며, 사랑이 없는 곳에서 너희가 원하는 곳을 찾을 수는 없다. 단지 그뿐이다.”

“그럼 우리가 일반적으로 꿈을 아직 찾지 못했다고 말하는 사람이나 꿈이 없다고 말하는 사람의 경우는 어떻게 해야 하나요?”

“그것은 너희가 꿈이란 기준을 어떤 직업군에 맞췄기 때문에 그렇게 말하는 사람들이 있는 것이다. 너희가 꿈이란 기준을 방금 내가 말한 대로 어떤 사건에 의한 감정 상태에 두기 시작한다면 꿈을 찾지 못하거나 꿈이 없다고 말하는 사람은 없게 된다. 누구나 원하는 사건과 원하는 감정 상태는 있으니 말이다."

나는 고개를 끄덕였다.

"그럴 수도 있겠군요."

"이건 그럴 수도 있다는 문제가 아니다. 사회에서 너희 자신부터도 모든 것을 사랑의 상태에 머무는 것을 최우선으로 여겨야 한다. 너희가 어디서 누구와 무엇을 하든 그곳과 그것을 통해 무엇으로 사랑을 하려 하는지를 가장 먼저 생각해야 한다는 것이다.

너희의 사회는 오랜 시간 꿈이라는 이름으로 사랑의 상태가 아닌 지점만을 바라보고 왔다. 그 결과 서로가 서로를 비교하고 경쟁하고 있으며, 약육강식이 당연하게 여겨지는 사회를 만들어 왔다. 스스로 그런 사회를 만들어 내면서 기근, 환경오염, 전쟁과 마약, 수많은 바이러스가 나타나게 만들었음에도 너희는 이것을 끝내려 하지 않는다."

"그건 그렇지 않습니다. 세상의 기근과 환경오염, 전쟁과 마약, 그리고 바이러스를 없애기 위해 세계 각국이 늘 그

방안을 연구하고, 제시하고 있는걸요. 우리는 끊임없이 누군가를 도우려 하고, 환경오염도 멈추려고 하고 있습니다."

"너희 모두가 말이냐?"

"……물론 모두는 아니지만요……."

"네 말대로 너희 모두가, 단 한 명도 빠짐없이 세상 모든 사람들이 한마음 한뜻으로 이 모든 것을 종결시키려고 한다면 너희는 종결시킬 수 있다. 하지만 너희는 그렇게 하지 않는다."

"물론 모든 사람들의 마음을 하나로 모으게 하는 것은 불가능해 보입니다만 도대체 왜 그렇게 되지 않는 걸까요?"

"그것은 너희의 꿈이 어떤 상태가 아닌 지점에 가 있는 것과 마찬가지이다. 자신의 상태가 아닌 외부적인 지점에 자신을 맞추기 때문에 자신의 기득권을 놓으려 하지 않는다. 의사에게는 환자가 자신의 기득권이고, 무기판매상에는 전쟁이 자신의 기득권이 된다. 그런 식으로 자신의 기득권을 놓지 않으려 하기 때문에 너희의 사회는 절대 이것을 끊지 못한다."

"후우……."

"그래, 너희의 사회를 바라보고 있자면 방금 네가 쉰 한숨만이 나오게 되는 것이다. 너희의 육체는 단지 영혼이 사랑을 체험하기 위한 수단에 불과한 것인데도 너희는 그렇게 기득권에 목을 맨다. 놓치면 죽는 것처럼 말이다."

"어렵네요……. 제가 할 수 있는 게 있을까요? 아니, 제가 뭘한다고 사회가 바뀌기는 할까요?"

"너 자신을 과소평가하지 마라. 예수가 한 업적을 떠올려 보거라. 예수는 기적을 행할 때마다 자신을 보고 놀란 사람들을 보며 '놀라지 마라, 너희도 능히 그리 할 수 있다.'라고 말했거늘. 너희는 언제나 그들을 우러러보려고만 하는구나. 그들이 한 말은 들은 체도 하지 않고 말이지."

압둘라는 뭔가 기분이 나빠 보였다. 나는 괜히 더 압둘라를 기분 나쁘게 하지 않기 위해 웃으며 조심스럽게 물었다.

"그럼 제가 뭘 어떻게 하면 좋을……까요?"
"네 꿈부터 다시 조정하도록 해라!"

성질내듯이 말을 하는 압둘라에게 나는 움찔하여 더 이상의 말은 꺼내지 못한 채 눈치만을 살피고 있었다.

얼마나 달려왔을까. 한참을 차로 달려온 다음에야 목적지에 가기 위해 고속도로에서 다시 국도로 빠졌다. 국도로 다시 빠지자 목적지에 거의 다 왔다는 생각에 다시 가슴이 요동치기 시작했다. 오직 이곳에 와야 한다는 생각에 나선 길이지만 막상 목적지에 다 와 가니 두려워지기 시작했다.

'내가 여기와도 괜찮은 걸까? 이제 와서 이게 무슨 소용이 있을까? 나는 왜 여기에 온 거지?'

두려움은 온갖 생각을 떠올리게 했다. 하지만 여기까지 와서 돌아갈 순 없었다. 더 이상 피할 수는 없었다. 나는 그곳에서 모든 것을 마주해야 했다. 그렇게 해야만 한다고 마음속에서 계속 소리치고 있음을 느낄 수 있었다. 그리고 곧 목적지를 100m만 남겨두고 있었다.

어느덧 해가 저물고 저녁이 되었다. 하지만 나는 해가 저문 줄도 모른 채 아까부터 TV 앞에 앉아 뉴스만을 보고 있었다. TV의 모든 채널에서는 정규방송을 취소하고 뉴스만을 편성해 방송하고 있었다. 상황이 이렇게 된 것은 모 여행사에서 운영하는 일본으로 항해 중이던 배가 침몰하면서 배에 탑승한 여행객의 대부분이 목숨을 잃었기 때문이었다. 목숨을 잃은 여행객의 수는 수백 명에 달했다.

전례가 없던 대형 참사에 방송사는 이 사고에 관한 뉴스를 다루는 것을 우선적으로 한 것이다. 그리고 무엇보다 너무 큰 참사에 전 국민이 애도를 표하고 있었기 때문에 방송사에서도 웃고 즐기는 예능이나 드라마를 방영하기에는 무리가 있어 보였다. 가까운 친척이나 친구가 아니더라도 온 국민이 하나의 마음으로 슬퍼하고 있었다. 나 역시 마치 가까운 친척이나 친구를 잃은 사람처럼 아까부터 뉴스만을 보며 슬퍼하고 있었기에 날이 저무는 것도 눈치채지 못하고 있었던 것이다. 마음이 무거워 나도 모르게 계속 눈물이 흘러나왔다.

"뭘 그리 열심히 보고 있느냐?"

내가 TV를 보면서 울고 있자 압둘라는 걱정스러운 표정으로 나에게 다가왔다.

"일본으로 가던 여객선이 침몰하면서 수백 명이 목숨을 잃었대요. 역사상 최악의 사고 중 하나라고 하네요. 너무 많은 사람이 희생당하는 바람에 지금 온 나라가 슬픔에 잠겨 있어요. 다른 나라에서도 큰 애도를 표하고 있고요."

나는 대답해 주면서도 눈물을 글썽거리고 있었다.

"흐음……."

나의 대답에 압둘라는 내 옆에 앉아 잠시 동안 함께 뉴스를 시청했다. 압둘라가 TV를 보는 모습은 처음이라 왠지 어색했지만 압둘라도 진지하게 뉴스를 시청하고 있었기에 내색을 할 순 없었다.

"……."
"……."

한동안 둘 다 말없이 뉴스만을 시청했다. 그러다 갑자기 압둘라는 벌떡 일어나면서 말했다.

"같은 내용만 계속 반복해서 나오는데 뭘 그리 같은 걸 계속 보고 있느냐?”

“안타까우니까요. 그저 이렇게 같이 슬퍼해주는 것 말고
는 할 수 있는 게 없으⋯⋯니까요.”

“흐음⋯⋯. 그래 이 일이 너희의 입장에서 보면 꽤나 슬픈
일일 수도 있겠구나. 그렇다고 이것만 넣 놓고 본다고 같이
슬픔을 나눌 수 있는 건 아닌 거 같은데?”

“⋯⋯그럼 제가 뭘 할 수 있겠어요? 저기라도 가야 하는
건가요? 그리고 너희 입장에서 슬프다는 건 신의 입장은 다
르다는 건가요? 이게 슬프지 않나요? 자신의 자식들이 목
숨을 잃었는데?”

“넌 지금 저기라도 가야 하는 거냐고 물었다만 네 물음은
마치 절대 갈 수 없는 곳을 가야 하는 사람처럼 말하는구
나. 넌 의지가 있다면 저곳에 갈 수 있다. 네가 아닌 누군가
는 분명 저곳을 향할 것이고 말이다. 넌 돕고 싶은 마음은
있지만 가려는 의지는 없다. 꼭 저곳이 아니라 하더라도 너
는 의지가 있으면 저 사람들을 위해 무언가를 할 수 있다.
슬픔을 직접적으로 나눌 수 있다. 하지만 그저 그 자리에
앉아 슬퍼함으로써 슬픔을 나눴다고 자신을 합리화시키고
있을 뿐이다.”

“⋯⋯그래 맞아요. 저는 슬프긴 하지만 직접 나설 용기
도 의지도 없습니다. 하지만 같이 슬퍼주는 게 뭐가 나빠

요?"

"나쁘다는 걸 말하는 것이 아니다. 그저 비효율적이라는 것을 말해주고 있는 것일 뿐이다."

"같이 슬퍼해주는 게 비효율적이라뇨? 그리고 보니 아까 너희 입장에서 보면 슬플 일일 수도 있다고 말씀하셨는데 그건 또 무슨 의미로 말씀하신 겁니까?"

"말 그대로의 의미다. 너희 입장에서는 슬픈 일로 여길 수 있는 사건이란 뜻이다."

"그럼 신은 이 일을 슬프게 생각하지 않는다는 건가요? 압둘라 당신에게도 이 일은 슬프지 않은 일이냐고 묻는 겁니다."

"그렇다. 슬프지 않다."

"왜죠? 어떻게 이 일이 슬프지 않을 수 있죠?"

"우리는 너희의 영혼에만 관심이 있기 때문이다. 너희의 영혼이 어디로 향하고 있고, 무엇이 되려 하는지에만 관심이 있을 뿐이다. 너희 육체가 어떻게 되는지에는 관심을 두지 않는다. 너희는 착각을 하곤 하는데 신은 너희가 어떻게 살고 있고, 무엇을 하며 사는지에는 관심을 두지 않는다. 너희가 살인을 하든 폭행을 하든 마약을 하든 전쟁을 하든 그저 내버려둔다.

단지 그것으로 인해 영혼이 어떤 체험을 하고 어떤 사랑을 증명하고 있는지에만 관심이 있을 뿐이다. 너희에게 주어진 것들과 너희가 일으키는 모든 일들은 그것을 위한 수단일 뿐이다. 그것에 좋고 나쁘고의 의미를 부여하지는 않는다는 것이다.

쉽게 말해주자면 신은 그저 방관자일 뿐이다. 너희가 '구원하소서!'라고 백날을 외쳐봐야 너희를 구하기 위해 너희의 기준으로 신이 이 땅에 강림하는 일 따윈 없을 거라는 것이다. 그건 영혼의 목적에 어긋나는 것이기 때문이지."

"……영혼의 목적이요?"

"그래, 신은 너희 영혼의 가장 순수한 목적, 원초적인 욕구를 방해하려 하지 않는다. 그저 영혼의 체험을 공유할 뿐이다."

"영혼의 목적이라면……. 사랑의 증명 말입니까?"

"그렇다. 영혼의 목적은 언제나 사랑을 증명하고 체험하기 위함에 있다. 너희의 기준에서 사람이 다치고 죽고 하는 것이 슬프고 힘들겠지만, 사실 영혼은 그로 인해 매번 사랑을 증명하고 체험하고 있다. 너희 눈에는 사람이란 육체가 죽어 사라지지만 영혼은 언제나 사라지지 않는다. 죽은 그 육체를 내려놓을 뿐이다. 그리고 다음 체험을 위해 어떤 형태의 육체를 선택할지를 고민할 뿐이다."

"환생……말인가요?"

"그래, 너희의 기준에서는 환생이 되겠지. 하지만 영혼의 의미에서는 그저 다른 수단을 사용하여 또 다른 사랑을 증명할 체험을 할 뿐이다."

"……그럼 저희는 영혼의 껍데기일 뿐인 겁니까?"

"아니, 그렇지는 않다. 영혼은 늘 너희를 통해 사랑을 증명할 수 있는 체험을 요구하지만 너희를 조종하지는 않는다. 언제나 선택은 너희의 몫이다. 그저 영혼은 너희가 사랑에서 벗어날 수 없도록 할 뿐이다. 너희가 사랑 안에 존재할 수 있도록 해줄 뿐이다. 그 안에서 하게 될 모든 체험과 선택은 온전히 너희의 몫이다. 그게 너희가 말하는 인생이기도 하다.

너는 방금 너희의 육체가 사라지는 것에 어떻게 신이 슬프지 않을 수 있냐고 물었지만 다른 의미에서 본다면 오히려 신은 기뻐한다고 볼 수 있다. 영혼이 육체를 떠나는 순간은 그 육체로 사랑의 증명을 충분히 했다고 여기기 때문이다. 사랑을 체험하겠다고 떠난 자식이 충분히 사랑을 체험했다고 이제 다시 자신의 집으로 돌아오는데 기뻐하지 않을 부모가 어디 있겠느냐?"

"알 것 같으면서도 왠지 믿기는 쉽지 않군요."

"예수가 못 박혀 육체의 숨을 거둘 때 신은 기뻐했다. 지금까지 사랑을 증명하기 위해 떠난 자식 중에 그렇게 크고

훌륭하게 자신의 사랑을 증명했던 영혼이 없었기 때문이다. 그 많은 깨달음을 가지고 돌아온 예수의 영혼을 신이 얼마나 기쁘게 맞이했는지 너희는 모른다."

"뭔가 신의 기준에서 생각하는 것과 우리의 기준에서 생각하는 것이 차이가 있어 쉽게 받아들이지는 못하겠습니다."

"이해한다. 그리고 굳이 이해할 필요는 없다. 너희가 이해를 할 수 있다면 좋겠지만 이해를 못한다고 해서 너희들이 너희가 아니게 될 수는 없기 때문이다. 전기의 원리를 이해하지 못해도 전기를 사용하는 법만 알면 되듯이 너희의 삶도 그러하다.

그저 너희의 삶을 살아가라. 너희가 육체를 떠난 뒤의 일을 굳이 알지 못해도 상관없다. 신의 목적을 이해하지 못해도 상관없다. 단지 너희가 신의 일부이고, 사랑의 존재라는 사실만 기억해라. 오직 그것만을 알고 있어도 된다."

"그래도 듣고 싶습니다. 신의 목적은 분명히 말해 무엇입니까?"

"신의 목적은 너희의 기준에서 말하자면 너희의 죽음에 있다."

나는 너무 충격적인 압둘라의 대답에 입을 벌리고 아무

말도 하지 못했다.

"……."

압둘라는 예상한 반응이라는 듯이 달래듯 계속 말을 이었다.

"너희의 기준에서는 그렇다는 것이다. 신의 입장에서 다시 말하자면 너희가 모두 신의 일부임을 깨닫게 하는 것에 신의 목적이 있다."
"……풀어서 설명해 주시겠습니까?"

압둘라는 고개를 끄덕이며 말을 이었다.

"너희는 이 땅에서 사랑을 증명하기 위해 태어났다. 이 말을 기억하느냐? 또 이해하느냐?"
"네. 기억하고, 이해하고 있습니다."
"너희가 생을 거듭하면서 계속해서 이 땅에 태어나는 건 계속해서 영혼이 또 다른 사랑을 체험하기 위해서다. 그리고 더 이상 영혼이 사랑을 증명하기 위해 체험을 필요로 하지 않게 되면 영혼은 육체를 영원히 떠나려 한다. 영혼은 드디어 기나긴 여행을 마치고 신에게로 돌아가려 하는 것이다. 신은 영혼이 돌아오기를 기다린다. 언제까지나 그 자리에서 기다리고 있을 뿐이다.

너희의 기준에서 이것은 육체가 죽음을 맞이하는 현상으로 보인다. 영혼이 떠나 죽음을 맞이한 육체를 끌어안고 너희는 슬퍼한다. 계속해서 그 자리에 함께하지 못하는 육체에 슬퍼한다. 사실 육체를 떠난 영혼은 그제야 진정한 자유로움을 만끽하고 있지만 너희는 그것을 알지 못한다. 너희의 기준에서 최고의 슬픔이 신의 입장에서는 가장 기쁜 일이 되는 것이다."

"우리가 누군가를 잃어 슬퍼할 때 신은 기뻐하고 있다고 생각하면 결코 기분이 좋지는 않은데요."

"영혼이 모든 체험을 마치고 돌아올 때 신은 기뻐한다. 하지만 너희 중 누군가가 죽음을 맞이했다고 해서 그 영혼이 체험을 끝내려 하는지, 또 다른 체험을 하려 하는지는 누구도 알지 못한다."

"그럼 우리는 누군가가 죽었을 때 슬퍼하는 게 아니라 기뻐해야 하는 겁니까?"

압둘라는 나의 신경질적인 질문에 가만히 고개를 저었다.

"어떻게 해야 한다는 건 없다. 너희가 슬퍼하든 기뻐하든 그건 너희 스스로가 결정할 문제다. 다만 내가 너희에게 해 주고 싶은 말은 너무 슬픔에 젖어 있지는 말라는 것이다. 너희가 생각하는 만큼 죽음이 그리 무겁고 슬픈 것만은 아니니 말이다."

"……."

나는 지금까지 압둘라가 우리의 죽음을 너무 하찮게 여기는 것만 같아 날카롭게 굴었지만 방금 한 말로 인해 사실 압둘라가 자신의 방식대로 나를 위로해 주려는 것을 눈치챌 수 있었다. 그러자 괜히 더 마음이 뭉클해져 왔다.

"너희가 신의 목적을 굳이 알려 하고, 그 목적에 맞춰 살아가려고 할 필요는 없다. 너희는 간혹 너무 힘이 들어 목숨을 끊으려 하지만 사실 이건 너희가 힘이 들 때 엄마를 보고 싶어 하는 것과 같은 것이다. 육체에 귀소본능이 있는 것처럼 영혼에도 그러한 귀소본능은 존재한다. 하지만 이 것을 악의적으로 여겨서는 안 된다. 모든 부모는 자식을 사랑하지만 사소한 무슨 일에도 부모를 찾고 도와달라고 하는 자식은 천덕꾸러기일 뿐이니 말이다."

"어렵군요……. 신의 목적이란 건……."

"그것은 신의 목적이기 때문이다. 그건 너희의 목적이 아니다. 너희가 신의 목적을 이해하고 그것을 수행하려 할 필요는 없다. 그것은 그냥 신에게 맡겨라. 너희가 이 땅에서 하려고 하는 목적에 집중하면 될 뿐이다."

"하지만 우리는 모두 신에게 사랑받고 싶어 합니다."

"신의 목적을 이해하는 것과 신에게 사랑받는 것은 별개의 문제다."

"왜죠?"

"만약 네가 사랑하는 친구가 아름다운 여인과 결혼해서 행복하고 사랑스런 가정을 꾸리는 것이 목적이라고 너에게 말했다고 생각해 보자. 네가 그 친구에게 사랑받고 싶어 그 친구의 목적을 네가 대신 이룬다는 건 말이 되느냐?"

"……."

"신의 목적은 신의 것이다. 너희의 것이 아니다. 너희는 이미 신에게 사랑스러운 존재다. 너희가 신에게 사랑받기 위해 무언가를 더 할 필요는 없다. 그럼에도 신의 음성을 더 듣고 싶고, 신과 더 가까이하고 싶거든 매 순간을 열어 두어라."

"열어……둔다는 건 무슨 의미입니까?"

"신은 특정 장소에 특정 인물로 존재하는 존재자가 아니다. 신은 모든 것이자 아무것도 아니다. 신은 처음이자 끝이다. 신은 사랑이자 두려움이다. 신은 창조이자 파괴다. 너희의 기준에서 단정 지을 수 있는 범위의 존재가 아니란 뜻이다. 이 말은 곧 모든 곳에 신은 존재하고 있고, 모든 것에 신이 깃들어 있다는 뜻이다.

너희는 신을 만나기 위해 굳이 어딘가로 떠나야 하고, 무언가를 해야 할 필요가 없다. 그저 매 순간 신을 느끼려 하면 될 뿐이다. 네가 일어나 맞이하는 눈부신 아침 햇살에서, 기분 좋게 마시는 모닝커피에서, 휴식시간에 읽는 책 속에서, 나도 모르게 흥얼거리게 되는 음악 속에서 신을 찾을 수 있다. 신의 메시지를 들을 수 있다.

너의 연인에게서, 너의 친구에게서, 너의 상사에게서, 너의 원수에게서 너는 신을 찾을 수 있다. 어디의 누구의 무엇에서도 너는 신을 찾을 수 있다. 네가 찾으려 한다면 말이다. 언제나 신이 너와 함께한다는 것을 느끼고, 그렇게 네가 사랑받는 존재임을 매 순간 느끼고 그 사랑을 매 순간 전하려 하며 살아가라. 그것이 너희가 신을 더 가까이 둘 수 있는 최선의 방법이다.

신은 언제나 너희를 사랑한다. 너희를 너무 사랑하기 때문에 너희를 자신에게서 분리하여 이 땅에 태어나게 했다. 너희가 간절히 원했기 때문에 말이다. 사랑하기에 보내 준다는 말은 이것에서 유래된 것이다. 부모는 자식과 떨어지기 싫어하지만 언젠가는 보내 주어야만 한다는 것을 알고 있다. 부모가 자식을 보내 줄 때는 이제 자식이 스스로 선택한 길에서 최선을 다해 좋은 결실을 맺기만을 바랄 뿐이다. 자식이 부모를 떠나 시간이 흐르면 흐를수록 보낸 부모의 마음을 헤아려 가고, 그 자신도 부모의 마음이 되어가고, 부모의 뒤를 따라 언젠가는 부모가 세상을 떠나 영혼으로 돌아갔듯이 자신도 세상을 떠나 영혼으로 돌아가 그제야 떠났던 부모와 다시 하나가 된다.

이것이 자연의 섭리이자, 너희의 섭리이다. 너희는 너희의 길을 걸어가라. 그저 그것이면 된다.”

“……왠지 눈물이 납니다…….”

“그것은 너희가 떠나온 부모를 떠올리면 눈물이 나오는 것과 같은 것이다. 너희가 부모를 원망하고 싫어하더라도 결국 그 부모를 생각만 해도 마음이 뭉클해지는 것과 마찬가지이다. 너희가 살아가면서 신을 잊어도, 신을 원망해도, 신을 등져도 신은 언제나 너희를 사랑한다. 너희는 그것을 알려 하지 않아도 본능적으로 알고 있다.”

“그래서 우리는 사랑일 수밖에 없는 것이군요……. 우리는 모두 사랑받는 존재이니까요…….”

나는 눈물을 흘렸다. 언제 어디서나 늘 사랑받고 있는 존재였다고 생각하자 눈물이 나 어쩔 줄을 몰랐다. 그저 계속해서 눈물이 흘렀다.

"……."

그러한 나를 보며 압둘라는 그저 조용히 미소만을 짓고 있었다. 나는 한동안 계속해서 눈물을 흘렸다. 뭔지 모르겠지만 그저 미안하고 고마워서 눈물만을 흘리고 있을 뿐이었다. 누군가에게 미안함을 덜어내기라도 하려는 듯이, 하지 못했던 오래된 용서를 구하기라도 하려는 듯이 그렇게 난 한참을 울고만 있었다.

압둘라와의

일 주 일

엿새

자유의 비밀

하나님이 이르시되 땅은 생물을 그 종류대로 내되
가축과 기는 것과 땅의 짐승을 종류대로 내라 하시니
그대로 되니라

하나님이 땅의 짐승을 그 종류대로, 가축을 그 종류대로,
땅에 기는 모든 것을 그 종류대로 만드시니
하나님이 보시기에 좋았더라

하나님이 이르시되
우리의 형상을 따라 우리의 모양대로 우리가 사람을 만들고
그들로 바다의 물고기와 하늘의 새와 가축과 온 땅과
땅에 기는 모든 것을 다스리게 하자 하시고

하나님이 자기 형상 곧 하나님의 형상대로
사람을 창조하시되 남자와 여자를 창조하시고

하나님이 그들에게 복을 주시며 하나님이 그들에게 이르시되

생육하고 번성하여 땅에 충만하라, 땅을 정복하라,
바다의 물고기와 하늘의 새와 땅에 움직이는
모든 생물을 다스리라 하시니라

하나님이 이르시되 내가 온 지면의 씨 맺는 모든 채소와
씨 가진 열매 맺는 모든 나무를 너희에게 주노니
너희의 먹을 거리가 되리라

또 땅의 모든 짐승과 공중의 모든 새와 생명이 있어
땅에 기는 모든 것에게는
내가 모든 푸른 풀을 먹을 거리로 주노라 하시니
그대로 되니라

하나님이 지으신 모든 것을 보시니 보시기에 심히 좋았더라
저녁이 되고 아침이 되니 이는 여섯째 날이니라

(창세기 1:24~31)

목적지에 다다랐지만 나는 바로 차에서 내리지 못했다.
나는 눈을 질끈 감고 그날을 다시 떠올렸다.

"살려 주세요."
"여기 사람 있어요!"
"……먼저 가!"

눈을 감자 그날 친구들의 목소리가 다시 선명히 들려왔다.

"아아아아악!"

나는 핸들을 주먹으로 내리치며 소리를 질렀다. 눈에서는
다시 눈물이 쏟아져 나왔다. 그리고 나를 도와주려다 떨어
지던 진성이의 모습이 눈앞에 크게 떠올랐다.

"진성아!"

나는 큰 소리로 진성이를 부르며 차에서 뛰쳐나갔다.

"어, 어. 어, 알았다니까. 어⋯⋯네⋯⋯."

딸깍!

"후우⋯⋯."

전화가 끊긴 것을 확인한 나는 긴 한숨을 내쉬었다. 그런 나를 바라보고 있던 압둘라는 내 곁으로 다가와 걱정스럽게 물었다.

"무슨 일이라도 있는 거냐?"

나는 나를 염려해 주는 압둘라를 보며 순간 웃음이 났다. 어느새 정이 들었는지 이제는 정말 친구처럼 대해 주는 압둘라에게 고마운 마음이 든 것이었다. 나는 미소를 보이며 대답했다.

"아니에요. 엄만데 아시는 분이 일자리를 소개시켜 준다

고 계속 저보고 가 보라잖아요. 싫다고 했는데도 막무가내
라……. 하하.”

나는 난처하다는 표정을 지으며 머리를 긁적였다. 압둘라
는 이런 나를 보고 이해가 안 된다는 표정을 지었다.

“네가 싫다면 하지 않으면 되지 않느냐?”

나는 고개를 저으며 말했다.

“하기 싫어도 해야 할 때가 있어요. 부모님의 기분을 맞춰
드린다거나 상사의 대접을 해 준다거나 친구의 부탁을 거절
할 수 없다거나. 상황은 여러 가지겠지만 하기 싫어도 해야
할 때가 분명 있어요.”

압둘라는 여전히 이해할 수 없다는 표정이었다.

“너는 네가 하기 싫은 걸 하는 것에 사랑을 느낄 수 있단
말이냐?”
“음……. 사랑까진 아니더라도 뭔가……만족한다고 해야
하나? 양보라고 해야겠죠?”

압둘라는 나의 대답이 만족스럽지 않은 듯 미간을 약간 찌푸리며 말했다.

"너희에겐 너희 스스로 자유롭게 선택할 수 있는 선택권이 있으니 이래라저래라 말할 수 없지만, 너희는 너희 자신이 사랑을 느낄 수 없는 선택을 할 필요가 없다. 그 어떤 이유에서든 말이지. 너희는 모두 자신의 사랑을 위한 자유로운 선택을 할 수 있는 존재들이다. 너희가 사랑을 느끼지 못하는 어떤 선택을 누군가를 위해, 또 어쩔 수 없이 해야 할 이유는 그 어디에도 존재하지 않는다. 물론 너의 선택이 사랑의 증명을 위한 선택이어서 누군가를 위하고, 누군가에게 양보한다면 그건 자유로운 선택을 한 것이다. 하지만 네가 원치 않는 선택을 누군가로 인해 네가 해야 할 필요는 없다. 그것은 너에게 주어진 권리와 자유를 포기하는 일이다."

"그, 그렇게까지 심각하게 생각하진 않는데요?"

"너희에게 주어진 가장 큰 권리는 바로 자유다. 너희는 모든 것을 너희의 의지대로 행할 수 있다. 그런데 그 주어진 가장 큰 권리를 너희가 스스로 포기하고 있는데 그게 심각하지 않은 것이냐?"

"그런데 사실 그렇게 말씀하신 것처럼 우리가 자유로운

존재라는 생각은 들지 않습니다. 의지대로 할 수 있는 것도 별로 없어 보이구요. 세상은 지금 말씀하신 것과는 정반대의 양상을 띠고 있습니다. 지금 하신 말씀에 별로 동의할 순 없다고요."

압둘라는 가만히 고개를 저었다.

"자유라는 것은 모든 생명체에게 부여되는 최소한의 권리이자 가장 우선되는 권리이다. 그것은 그 어떤 생명체에게도 동일하게 적용된다. 하지만 유일하게 스스로 자유를 통제하고 억압하려 하는 생명체가 나타나기 시작했다. 그것이 바로 너희 인간이었다.

무리 생활을 하는 생명체들은 통제라는 동일한 목적을 위해 서로 간의 합의하에 규칙을 만들었다. 여기까지는 서로의 이익을 위한 자유로운 선택이었다. 하지만 너희들은 통제를 위한 수단을 넘어 억압을 하기 위해 자유를 박탈하기 시작했다. 심지어 스스로 자유를 반납하기에 이르렀다. 스스로 나의 모든 것의 권리를 포기한 것이었다."

"……왜 그렇게 한 거죠?"

"그게 더 안전하고 행복한 길이라고 여겼기 때문이다. 너희는 너희가 스스로 체험하고 깨달은 것보다 남들의 말에 더 귀를 기울이기 시작했다. 무리 중 특정 인물의 말을 더 신뢰하고 따르기 시작한 것이다. 그 특정 인물을 따르는 이가 점차 늘어나면서 그렇게 너희 중 일부는 권력이란 것을 갖게 되었고, 이것이 시간이 흐르면서 너희는 자유를 내어주는 것을 당연하게 별일 아닌 것처럼 여기게 되었다.

그렇게 권력을 가지게 된 이들은 상대방의 자유를 이용하는 것이 얼마나 큰 힘인지 깨닫게 되었다. 그래서 계속해서 그들을 통제하고 자유를 박탈할 수 있는 방법을 고안해내려 했다. 그리고 그들이 선택한 방법이 믿음과 두려움이었다.

나의 말을 믿으면 넌 안전할 것이다. 나를 믿으면 넌 행복해질 것이다. 내가 시키는 대로 하면 넌 편안해질 것이다. 하지만 나의 말을 거역한다면 너는 위험에 처해질 것이고, 나를 등진다면 넌 불행해질 것이다. 그리고 나의 뜻을 거역한다면 넌 지옥의 나락으로 떨어지고 말 것이다. 그들은 이런 말로 오랜 시간 많은 사람들의 자유를 박탈해 왔다.

이런 시간이 계속되자 너희는 이런 것에 익숙한 사회를 구성하기 시작했다. 내 생각보다 부모님, 선생님, 스님, 목사님, 상사들의 말이 더 옳다는 생각을 하게 되었고, 나의 생각과 체험보다 그들의 말을 더 신뢰하고 믿게 되었다. 그리고 그것에 완벽하게 길들여진 사람들은 이제 이유도 진실도 아무 상관없이 그저 그들의 말에 절대적인 믿음을 보이며 숭배까지 하기 시작했다. 이런 사회를 구축해 나가면서 너희는 오히려 자유롭게 선택하고 결정하는 사람들이 있으면 그들을 이상하게 생각하고 그들을 독특하다고 여기기까지 하며 말이다.

너희는 알게 모르게 이미 자신이 선택할 수 있는 범위를 한정시키고 있다. '이렇게 하고 싶어도 부모님이 반대하실 거니까 못해.', '이걸 하고 싶어도 돈이 없으니까 못해.', '하고 싶지 않아도 회사를 다니려면 어쩔 수 없이 해야 돼.'라는 생각으로 말이다. 하지만 너희의 사랑을 증명하기 위해서는 스스로 선택해야 한다. 너희의 사랑은 자발적인 것이자 자유로운 것이다. 너희의 존재는 모든 것에 자유로운 존재다."

"……단순히 배려라고 생각했던 것을 아주 뒤집어 말씀하시네요."

"뒤집어야 할 것은 너희의 사회다. 너희가 형성시켜 놓은 악습이다. 너희가 말하는 배려도, 이해도, 양보도 자발적인 사랑에서 시작되어야 하는 것이다. 배려에 불편함이 있어선 안 되고, 이해에 오해가 있어선 안 되고, 양보에 불쾌함이 있어선 안 된다. 모든 행위와 선택은 사랑을 느낄 수 있는 것이어야 하는 것이다. 사랑을 느낄 수 없는 선택을 너희가 해야 할 이유는 그 어디에도 없다."

"어떻게 들으면 상당히 이기적으로 들릴 수도 있는데 요……."

"사랑은 원래 이기적인 것이다."

"……거침없으시네요."

"누군가에 의해 선택한 것들은 언제나 그 중심에 나를 슬쩍 빼놓는다. 본능적으로 그 선택의 주체가 내가 아니라는 생각을 하기 때문이다. 이 선택의 결과가 원치 않는 결과가 나온다 하더라도 원망할 대상은 내가 아니라고 여기고, 책임져야 할 대상도 자신이 아니라고 믿으려 한다. 결국 내가 아닌 누군가에게 선택의 권리를 넘기는 이유는 이런 두려움에서 시작되는 것이다.

너희는 스스로 자유로운 선택을 한 것에서만 그 선택에 따른 사랑을 온전히 체험할 수 있다. 선택한 것에 대한 모든 결과를 온전히 스스로 받아들일 수 있다. 자신의 깨달음으로 만들 수 있다. 온전히 자신의 체험이 되는 것이다.

너희는 너희에게 주어진 권리를 좀 더 자신의 것으로 여겨야 한다. 그것은 그냥 주어진 것이 아니다. 그것은 너희에게 주어진 축복이자 선물이다. 사랑하는 사람에게서 받은 선물과도 같은 것이다."

"하지만 그러고 싶어도 그러지 못하는 상황이 많습니다. 하고 싶은 걸 하기 위해 하기 싫은 걸 해야 할 때도 있다고요. 권리를 누리고 싶어도 누릴 수 있는 상황이 되지 않는 걸 어떡하란 말입니까?"

압둘라는 고개를 저었다.

"그건 너희가, 너희 자신이 그리 믿기 때문이다. 스스로 너희의 세상을, 너희의 상황을, 너희의 입장을 만들 수 있다. 그렇게 하지 못하고 있는 건 단지 그렇게 하지 않고 있기 때문일 뿐이다."

"그건……. 궤변일 뿐입니다."

"궤변은 너희가 하고 있다. 세상에는 너희 모두가 각자 사랑을 증명할 체험에 필요한 모든 요소들이 창조되어 있다. 이것을 사용하느냐 하지 않느냐는 너희의 선택에 달려있을 뿐이다. 하지만 너희의 대부분은 이것을 사용하지도 않으며 심지어 있는지 보려고도 하지 않은 채 주저앉아 울고불고하며 기도를 하고 있다.

신은 너희의 심부름꾼이 아니다. 신은 너희의 신하가 아니다. 신은 단지 너희의 의지와 함께할 뿐이다. 너희가 누군가와 함께하고 싶다면 최소한 말이라도 걸면서 기도를 올려라. 너희가 무언가를 가지고 싶다면 가질 수 있는 방법이라도 찾아가면서 기도를 올려라. 너희가 무언가가 되고 싶다면 되려 하는 노력이라도 보이면서 기도를 올려라. 최소한 복권이라도 사고 1등 당첨 기도를 하란 말이다."

"물론 그런 사람들도 있습니다. 하지만 정말 열심히 노력하는 사람도 있다고요. 그래도 자신이 원하는 삶을 살지 못하는 사람도 충분히 많이 있습니다."

"아무리 열심히 달려도 러닝머신 위에서 달리면 제자리일 수밖에 없지."

"그들이 뭔가를 잘못하고 있다는 건가요?"

"원하는 곳을 향해 달려가려면 그곳으로 이어지는 길 위에서 달려야 한다. 러닝머신 위에서 아무리 노력해 봐도 결코 원하는 곳에 도달할 순 없는 법이지. 여기서 가장 중요한 건 너희가 길 위에서 달릴지, 러닝머신 위에서 달릴지를 스스로 결정한다는 것이다."

"그건 무슨 뜻인가요?"

"너희는 스스로 환경을 조성한다. 너희에게는 환경을 스스로 만들 수 있는 자유가 있다. 너희의 의지로 환경을 바꿀 수 있다는 것이다."

"그런데 왜 노력하는 만큼 상황은 바뀌지 않는 겁니까?"

"너희의 의지가 그곳에 머물러 있기 때문이다. 너희의 의지가 향하고 있는 곳이 현실이기 때문이다."

"그건 또 무슨 말인가요?"

"신은 너희의 의지와 함께한다. 너희의 의지가 향하는 곳을 같이 바라보고, 너희의 의지가 머무는 곳에 함께 머문다."

"좀······. 쉽게 설명해 주시겠습니까?"

"현실은 너희의 의지 즉, 너희의 생각이 머물러 있는 곳에서부터 창조된다. 너희가 지금의 환경을 바꾸고 싶어 노력을 해도 쉽게 그 환경이 바뀌지 않는 이유는 바로 여기에 있다. 너희는 지금의 환경을 바꾸고 싶다고 생각하는 것을 지금의 현실을 부정하는 것으로 대신한다. '빨리 이 상황에서 벗어나고 싶어.', '이 지긋지긋한 생활을 끝내고 싶어.', '난 가난하고 싶지 않아.'라는 식으로 말이다. 하지만 이런 생각은 지금의 현실에 머물게 하려는 의지로 표출된다. 그리고 그런 의지는 언제까지나 지금의 현실에 머물게 만든다."

"그럼 어떻게 해야 하는 겁니까?"

"벗어나고 싶은 상황을 생각하는 것이 아니라 머물고 싶어 하는 상황에 대해 생각해야 한다."

"머물고······싶은 것······."

"그렇다. 벗어나려 하는 지금의 상황을 생각하는 것이 아니라, 너희가 머물려고 하는 곳에서부터 생각을 하는 것이다. 너희의 생각이 머무는 곳에 의지도 함께 머문다."

"쉽게 이해가 되진 않습니다. 예를 들어 설명해주실 수 있나요?"

"물론이다. 예를 들어 너의 바람이 모 기업에 취업을 하는 것이라고 가정해보자. 하지만 너의 현실은 백수일 뿐이지. 너는 지금까지 '취업하고 싶다.', '빨리 백수에서 벗어나고 싶다.', '빨리 안정적인 수입이 생겼으면 좋겠다.'라고 생각해 왔을 것이다. 하지만 이런 생각은 네가 지금 백수에 머물고 싶다는 의지로밖에 표출되지 않는다. 네가 진정 취업을 원한다면 너는 이미 취업을 한 상태에 머물러야 한다. 어떤 상태에서든 취업을 이미 한 상태라고 여겨야 한다. '그땐 취업이 잘 안돼서 힘들어했었는데 참 감개가 무량하네.', '갈수록 취업난이 심해진다고 하던데 난 정말 다행이다.' 이런 식으로 취업을 한 상태에서 지금을 바라봐야 하는 것이다."

난 고개를 저었다.

"물론 그런 식으로 생각하고 그런 식으로 여길 수는 있습니다. 하지만 아무리 그렇게 여기려 해도 눈앞의 현실은 지금 내가 백수임을 증명하는 것들로 넘쳐납니다. 계속해서 현실에서 생각할 수밖에 없도록 만든다고요."

"그래, 나는 지금 네가 말한 것들을 이해한다. 너희의 오감은 언제나 너희의 현실을 인지하게 만들지. 하지만 이것은 믿음의 문제다. 네가 머물려고 한 곳에서 생각한 시간이 현실이었음을 얼마나 믿을 수 있느냐의 문제만이 남아 있는 것이다."

"오감이 계속해서 현실을 인지하게 만드는데 어떻게 제가 생각한 시간이 현실로 이루어질 것을 믿을 수 있습니까?"

"너는 한 번 본 소설을 다시 읽을 때 결말이 바뀔 수도 있다는 긴장을 하면서 읽느냐?"

압둘라의 뜬금없는 질문에 나는 당황스러웠다.

"네? 아뇨. 그렇지는 않죠."

"너의 생각이 머물러 있던 시간이 현실임을 네가 알고 있는데 지금의 현실에 영향을 받을 필요가 있느냐?"

"……."

"너는 처음 소설을 읽을 때 주인공이 겪는 일들에 같이 긴장하고 안도하며 책을 읽었을 것이다. 그리고 모든 것이 해결되어 주인공이 행복을 되찾자 너도 덩달아 안심하고 함께 기뻐했을 것이다. 하지만 이미 다 본 소설을 다시 읽을 때는 너는 그 어떤 긴장감도 가지지 않는다. 왜냐면 너는 이미 소설 속의 주인공이 그 어떤 일을 겪더라도 결국 모든 것이 해결되고 행복한 결말을 맞이할 것이란 걸 알고 있기 때문이다.

이처럼 너의 생각이 머문 시간은 곧 너에게 현실로 일어날 시간임을 네가 알고 있다면 지금의 현실이 어떻든 네 앞에 어떤 일들이 벌어지든 너는 동요하지 않게 된다. 결국엔 모든 것이 잘 해결되고, 네가 머문 시간에 머물 것이란 걸 네가 알고 있기에 결국 너는 행복할 수밖에 없단 걸 네가 알고 있으니 말이다."

"하지만 그렇게 완벽히 믿는 것은 쉽지 않아 보입니다만……."

"그래서 예수는 그러지 않았느냐? 겨자씨만큼의 믿음만 있다면 산도 옮길 수 있다고 말이지. 결국 너희의 믿음대로 될 것이다. 너희가 믿는 만큼 만들어 낼 것이고, 너희가 믿는 것을 보게 될 것이다."

나는 한동안 손으로 턱을 괸 상태로 생각에 잠겼다.

"분명 말씀하신 방식대로 우리 모두가 자신이 원하는 걸 이룰 수 있는 거라면 저희의 의지대로 자신의 환경을 창조할 수는 있을 겁니다. 그런데 세상 사람들 모두가 같은 것을 이루려고 한다면 어떻게 되는 겁니까? 만약 모 기업에서 신규사원을 10명을 뽑는데 100명이 지원을 했다면요? 그리고 그 100명 모두가 방금 말씀하신 방식대로 생각하고 있다면요?"

"그 상태에 머무른 생각은 절대 그 상태를 벗어나진 않는다."

"무슨 뜻이죠?"

"예를 들어 네가 유명한 여배우를 좋아해서 그 여배우와 결혼하여 행복하게 사는 상태에 머물렀다고 생각해 보자. 너는 방금 10명의 자리밖에 없는 회사라고 했지만 이 같은 경우는 그 여배우의 배우자라는 자리는 단 한 자리밖에 없다. 하지만 그 자리는 그 여배우를 좋아하는 수많은 사람들이 꿈꾸는 자리일 것이다. 너는 이미 그 여배우의 배우자가된 시간에 머물렀지. 그 시간을 현실로 만들기 위해 너는 그 여배우가 아닌 다른 사람과 결혼을 했고, 다른 사람의 배우자가 됐다. 왜 그렇다고 생각하느냐?"

"음…… 저보다 더 강렬하고 확실한 믿음이 있는 사람이 있었기 때문인가요?"

"아니다. 그 여배우의 배우자라는 자리가 네가 현실로 여긴 만큼 행복한 자리가 아니기 때문이다. 네가 현실로 받아들인 상태의 자리가 아니기 때문이다. 대신 너는 그 여배우와 비슷한 스타일의 다른 사람을 만나게 되었고 그 사람과 결혼해 행복한 가정을 꾸리게 되었다. 그리고 네가 머문 그 상태에 머물게 된다."

"아아……."

"너희의 생각에 머문 환경과 상태가 동일하게 일어날 수도 있지만, 너희의 생각이 머문 환경과 상태가 다를 때는 최우선적으로 너희가 머문 상태에 맞춰서 현실로 일어나는 것이다. 이것은 성공의 기준이 환경이 아닌 너희의 상태에 달려 있기 때문이다."

"성공의 기준이요?"

"그렇다. 너희는 사회적으로 인지도가 높은 회사, 혹은 높은 연봉을 받을 수 있는 자리에 취업을 한 것을 성공이라 여기기도 하지만, 사실 성공의 기준은 너희의 상태에 달려 있는 것이다. 누군가는 대기업의 임원이어도 행복하지 않을 수 있고, 누군가는 가난해도 누군가를 돕고 사는 것을 행복하게 여길 수 있다. 이렇게 너희의 성공의 기준은 항상 너희의 상태에 달려 있는 것이다."

"음……. 뭔지 알 것 같아요."

"너희가 무언가를 간절히 원해 무언가를 가진 상태에 머물러 그것을 현실로 끌어오려고 할 수 있지만 사실 네가 원하는 그것은 너의 기대에 부응하지 못하는 것일 수도 있다.

그럴 때 우주는 네가 바란 그것을 가져다주는 것이 아니라 네가 바란 그 상태에 머물 수 있는 다른 것을 가져다준다. 너희는 때론 너희가 간절히 원하는 것이 주어지지 않았다고 실패로 여기거나, 실망하기도 하지만 너희가 제대로 우주에 주문했을 때 우주는 너희가 원한 상태를 맞출 수 있는 완벽한 무엇을 가져다주므로 결코 실패로 여기거나 실망할 필요가 없다.

네가 간절히 원한 그녀가 네가 간절히 원한 행복을 가져다주지 않을 수도 있고, 네가 간절히 원한 그 회사는 네가 꿈꾸는 사회생활을 가져다주지 않을 수도 있다. 하지만 우주는 언제나 틀림없이 네가 간절히 원한 상태에 머물도록 해줄 것이다. 이런 식으로 세상에는 너희 모두가 사랑을 느낄 수 있는 필요한 모든 것들이 갖추어져 있다. 단지 무엇으로 사랑을 느끼는지의 차이만이 있을 뿐이다."

"와우! 뭔가 굉장히 안심이 되는 것 같아요."

"네 말 그대로다. 안심해라. 누군가가 많이 가진 것 같아 보인다고 초조해하거나 부러워할 필요는 없다. 네가 사랑을 느낄 수 있는 모든 요소들이 충분히 있으니 말이다."

"하지만 우리는 왜 그렇게 다들 다른 상태의 사랑에 머물려고 하는 걸까요?"

"그건 각자의 영혼이 추구하는 사랑이 다르기 때문이다."

"하지만 결국 영혼은 하나이지 않습니까? 하나의 영혼인데 왜 그리 다른 거죠?"

"네가 생각할 수 있는 아주아주 큰 퍼즐을 생각해 보아라. 수천, 수만, 수억 개의 조각을 가진 퍼즐을 말이다."

"음……. 네……."

나는 압둘라의 말대로 머릿속에서 아주 큰 퍼즐을 떠올려 봤다.

"퍼즐의 조각은 수억 개가 있지만 그 조각은 하나같이 다른 모양과 크기를 띠고 있을 것이다. 눈송이처럼 말이다."

"……네……."

"하지만 수억 개의 퍼즐 조각이 있어도 단 한 개의 조각이라도 없다면 그 퍼즐은 완성되지 못한다. 맞느냐?"

"네, 그렇죠."

"바로 그와 같은 것이다. 각각의 육체를 이용하여 사랑을 증명하려는 영혼도 이와 마찬가지인 것이다. 각자 다른 형태와 크기를 띠고 있지만, 그것은 분명한 사랑이다. 그리고 그 모든 사랑을 증명하여 제자리로 퍼즐을 맞출 때 비로소 신이라는 퍼즐은 완성되는 것이다. 그 사랑이 크든 작든, 형태가 어떻든 간에 단 하나의 사랑도 무의미한 것은 없다.

너희가 사랑에 대한 평가를 내릴 필요는 없다. 너희가 누군가의 사랑을 판단하고 이것이 사랑이다 아니다를 가려낼 필요도 없다. 그저 너희의 사랑이 지금 어디서 무엇을 하고 있는지만 돌아보라. 너희의 사랑이 바라는 것과 어긋나지 않는 길을 걷고 있도록 주의해라. 사랑의 이름으로 행하는 일이 어느새 두려움에 잠식되어 있지는 않은지, 사랑이 나의 의지로 행해지고 있는지, 사랑으로 나는 얼마나 행복해하고 있는지를 점검해라.

너의 사랑이 온전히 그 형태와 의미를 지닐 때 너의 사랑은 비로소 퍼즐의 한 조각으로서, 신의 일부로서 제 역할을 다할 것이다. 그날이 오면, 인간의 육체가 자연의 일부로 태어나 다시 자연의 일부로 돌아가듯이 너의 영혼도 신의 일부에서 온 것처럼 다시 신의 곁으로 돌아갈 것이다.

나 역시 신의 일부이기에 다시 신의 곁으로 돌아간다. 네가 언젠가 너의 사랑을 충분히 증명하여 다시 신에게로 돌아온다면 그때 우리는 다시 만날 수 있을 것이다. 슬퍼하고 싶다면 슬퍼해도 좋다. 하지만 너무 오래 슬퍼만 하고 있진 말거라. 그러지 않아도 된다는 걸 너는 이미 알고 있으니. 게다가 너에게는 이제 해야 하는 게 있다는 걸 너도 알고 있지 않느냐?"

"……네……. 저는 당신이 해주신 말씀을 최대한 많은 사람들에게 전할 겁니다. 한 사람이라도 더 헤매지 않고 자신의 사랑을 증명하는 데 최선을 다할 수 있도록 저는 당신의 말씀을 전할 겁니다. 선각자가 되진 못하더라도 제가 할 수 있는 방식으로 사랑을 전할 겁니다."

압둘라는 흐뭇하게 미소를 짓고 있었다.

압둘라와의

일 　 주 　 일

이레

진실의 비밀

천지와 만물이 다 이루어지니라

하나님이 그가 하시던 일을 일곱째 날에 마치시니
그가 하시던 모든 일을 그치고 일곱째 날에 안식하시니라

하나님이 그 일곱째 날을 복되게 하사 거룩하게 하셨으니
이는 하나님이 그 창조하시며 만드시던
모든 일을 마치시고 그 날에 안식하셨음이니라

(창세기 2:1~3)

차에서 내린 나는 앞에 보이는 바다를 향해 뛰어갔다.

"진성아! 우식아! 윤철아……."

나는 끝없이 펼쳐져 있는 바다를 바라보며 친구들을 불렀
지만 돌아오지 않는 대답에 무릎을 꿇고 눈물을 흘릴 뿐이
었다.

"미안해. 애들아……. 미안해……."

온유한 엄마의 목소리 같은 따스함으로 아침 햇살은 나를
깨웠다. 나는 깨우는 엄마에게 "5분만 더"라고 말하듯 이불
을 다리로 감싸 안으며 이불에서 뒤척였다. 아무런 걱정도
없는 행복하고 개운한 이 기분이 좋았다. 이 기분을 조금

더, 단지 조금 더 느끼고 싶어 이불에 몸을 맡기고 있었다. 그러다 문득 생각이 드는 것이 있어 몸을 벌떡 일으켰다.

"압둘라……."

그가 말한 날은 오늘이었다. 일주일이 되는 날, 오늘 우리는 깨어난다고 그는 말했다. 나는 몸을 일으켜 그를 불러보려다가 멈췄다. 본능적으로 이미 그가 사라졌다는 걸 알 수 있었기 때문이었다. 낯설지 않은 고요함, 혼자였을 때의 적막감이 내게 그리 알려주고 있었다. 나는 이불을 박차고 일어나 거실로 나왔다. 그리고 늘 압둘라가 앉아 책을 읽고 있던 소파를 바라봤다.

불길한 예감은 빗나가는 법이 없다. 소파에는 아무도 있지 않았고, 압둘라의 모습도 보이지 않았다. 왠지 모르게 그럴 거라고 느끼고는 있었지만 확인은 언제나 가슴을 찌릿하게 만든다. 다행히 눈물이 나진 않았지만, 밀려들어오는 공허함을 달랠 길은 없었다. 나는 압둘라가 늘 앉아 있던 소파에 가서 앉아 보았다.

'압둘라는 늘 이 정도의 높이와 각도에서 나를 바라보았 구나…….'

소파에 앉아 압둘라의 시선을 느끼며 주위를 둘러보았다. 그리고 나의 시선은 소파 앞에 놓여 있는 탁자 위의 사진에 멈췄다. 나는 손을 뻗어 사진을 들어 보았다. 그 사진은 압둘라와 내가 공원에서 함께 찍은 사진이었다. 분수대에 빠진 아이를 구하고 나서 흠뻑 젖은 몰골로 함께 웃으며 찍은 사진이었다.

사진을 보자 압둘라가 이제 없다는 것을 더 절실히 깨달을 수 있었다. 나는 쓸쓸한 미소를 지으며 사진을 돌려 보았다. 그리고 사진 뒤에 적혀 있는 글을 보게 되었고, 나는 사진을 바닥으로 떨어뜨리고 말았다. 눈앞의 모든 것이 하얗게 변하기 시작했고, 나는 어디론가 빨려 들어가는 것 같은 느낌을 받았다.

"오빠! 오빠, 정신 들어?"

익숙한 목소리에 눈을 뜨려 했지만 쏘아대는 빛 때문에 쉬이 눈을 뜨진 못했다.

"오빠! 오빠, 나야. 나 수아야! 오빠 동생 수아라고! 나 알아보겠어?"

'수아……. 그래……내 동생, 수아…….'

소리도 들리고 생각도 할 수 있다. 하지만 눈꺼풀의 무게는 천근만근이다. 게다가 천장의 빛은 왜 저리도 눈이 부신 건지 계속해서 내가 눈을 뜨는 걸 어렵게 만들고 있다.

"엄마! 엄마! 오빠 눈 떴어!"

수아는 왜 저렇게 큰 소리로 떠드는 건지, 내 몸은 왜 이리도 무거운 건지, 천장은 왜 저리 밝은 건지, 내가 지금의 상황을 이해하기 위해서는 어디서부터 어디까지 어떻게 된 건지를 물어야 하는 건지. 그렇게 스스로에게 질문을 계속 던지던 나는 질문을 한 가지에 맞추려고 했다. 어디서부터 기억이 나지 않는 건지만을 떠올리려고 했다.

그리고 그 노력은 금방 결실을 맺게 되었고, 나는 곧 진성이의 마지막 모습을 떠올려 낼 수 있었다. 나는 눈이 부셔 다 뜨지 못한 눈으로 울고 있는 엄마와 동생을 바라보며 힘겹게 입을 열었다.

"……지……진, 진……성이는?"

* 일주일 전 *

"야, 빨리 찍어!"
"자, 찍는다. 하나, 둘, 셋!"

우리는 바다를 배경으로 해맑게 포즈를 취하고 있었다.

"야, 이 어색한 표정 좀 어떻게 안 되냐?"
"야, 다시 찍어. 다시!"

우리는 다시 포즈를 취했다.

"자, 치즈!"
"우식아, 치즈는 너무 식상한데? 다른 거 없냐?"
"그래? 그럼 음…….."
"푸하하하하하!"

찰칵!

우식이의 애드리브에 우리는 폭소를 했고, 그 모습은 고스란히 우식이가 들고 있던 카메라에 담겼다. 그렇게 우리는 졸업여행의 마지막 날을 행복하게 즐기고 있었다.

고등학교를 막 졸업한 우리들은 대학이란 새로운 시작을 앞두고 함께 졸업여행을 떠났다. 여행에서 서로 많은 얘기를 했고, 앞으로의 시간에 대해서도 많은 얘기를 나눴다. 그리고 우리 모두 각자 최선을 다해 멋지게 또 여행을 떠나자는 약속을 하기도 했다. 그렇게 우리는 미처 놓고 있지 못하던 10대의 끝자락을 추억이란 이름으로 새겨 넣고 있었던 것이다. 하지만 그렇게 행복하고 완벽한 추억으로 남을 것 같던 시간은 한순간에 악몽으로 바뀌고 말았다.

쿵!

도착지까지 한 시간 가량을 남겨둔 배는 갑자기 큰 소리와 함께 크게 흔들렸다. 갑판 쪽에서 사진을 찍으며 즐거워하고 있던 우리는 갑자기 큰 소리와 흔들리는 배에 놀라 난간을 붙잡고 몸을 가누었다.

"왜 이래? 무슨 소리야?"

"무슨 일이지?"

"뭐야? 위험한 거 아냐?"

우리는 모두 어리둥절해 하며 주위를 둘러보았다. 우리 뿐만 아니라 배에 타고 있던 모든 사람들이 놀라 겁에 질려 있었다. 배는 큰 소리와 함께 더 이상 속도를 내지 않고 서서히 멈춰서는 것 같았다. 그 순간, 배에는 선장의 방송이 흘러나왔다.

"아아, 승객 여러분께 알려드립니다. 승객 여러분께 알려드립니다. 배 엔진에 문제가 생겨 잠시 배가 급정지하게 되었습니다. 지금 해양구조대에 연락을 취해 놓았으니 금방 구조선이 올 것입니다. 승객 여러분께서는 안전을 위해 객실로 돌아가 구조선을 기다려 주시기 바랍니다. 다시 말씀드립니다. 지금 바로…….'

승객들은 방송을 듣고는 하나둘씩 객실로 돌아가기 시작했다. 우리 역시 방송을 듣고는 '별 문제 아니겠지?'라는 생각에 객실로 향했다. 객실로 돌아간 우리는 금방 구조선이 온다는 말에 다시 긴장을 풀고는 장난을 치고 있었다. 웃으며 서로 사진도 찍어 주며 말이다.

하지만 30분이 지나가도록 온다던 구조선도 오지 않고 방송에서도 아무런 소식이 없자 우리는 조금씩 불안해지기 시작했다. 불안해하는 건 우리뿐만이 아니었다. 다른 승객들 중에서도 동요하는 사람들이 나타나기 시작했다. 우리는 점점 얼굴이 굳어져 갔다. 누가 뭐라 말하지 않아도 상황을 짐작할 수 있게 되어 갈 무렵 어디선가 절규에 가까운 외침이 들려왔다.

"물이다! 물이 차오른다! 빨리 위로 올라가!"

우리는 그 소리에 모두 일제히 자리에서 일어섰다. 그리고는 누가 먼저라 할 거 없이 객실에서 나가 갑판 쪽을 향해 뛰기 시작했다. 하지만 계단으로 향하던 우리는 이내 반대쪽에서 휘몰아치듯 몰려오는 바닷물에 그 자리에서 멈춰 설 수밖에 없었다.

"야, 뒤로 뛰어!"

진성이가 외쳤고, 우리는 그 말이 끝나기 무섭게 뒤로 돌아 달리기 시작했다. 하지만 몰려오는 바닷물에 우리는 몸을 제대로 가누지 못하고 모두 물에 휩쓸려가고 말았다. 정신없이 나를 덮치는 바닷물에 숨을 제대로 쉬지 못해 정신이 혼미해져 가던 중 누군가가 나를 번쩍 들어올렸다.

"지, 진성아……."
"괜찮아?"
"어어, 다른 애들은?"
"모르겠어. 정신 차리고 보니까 너밖에 안 보이더라. 일단 위쪽으로 올라가자. 애들도 벌써 올라갔을 수도 있으니까. 여기는 금방 잠길 거 같아."

진성이의 말대로 물은 계속해서 차오르고 있었다. 우리는 서둘러 탈출할 곳을 찾았다. 하지만 위로 향하는 계단과는 너무 멀어져 보이지 않았고, 계단 말고 딱히 위로 올라갈 만한 길은 보이지 않았다. 내가 초조하게 주변을 두리번거리고 있을 때 누군가가 나의 어깨를 툭툭 쳤다. 내가 돌아보자 진성이는 손가락으로 위를 가리키고 있었다. 진성이의 손가락이 향하는 곳으로 시선을 돌리자 천장에 사람 한 명이 겨우 통과할 수 있을 만한 구멍이 보였다.

"여기로 가자고?"

나의 물음에 진성이는 고개를 끄덕였다.

"내 어깨에 올라타서 네가 먼저 올라가. 올라가서 날 끌어 올려줘. 내가 물속으로 무릎 꿇을 테니까 올라타. 알았지?"

진성이는 말이 끝나자마자 물속으로 들어갔다. 나는 진성 이가 숨이 막힐까 봐 서둘러 진성이의 어깨에 올라탔다. 내 가 준비됐다는 신호를 보내자 진성이는 물속에서부터 천천 히 일어섰다. 진성이의 어깨에 올라타자 천장에 나 있는 구 멍은 머리가 닿을 만큼 가까워졌다. 나는 손을 뻗어 구멍으 로 올라가기 위해 애썼다. 하지만 구멍이 작은 탓에 올라가 는 일도 쉽지는 않았다.

"어깨 밟고 올라가!"

진성이가 밑에서 소리쳤다. 진성이의 외침에 진성이를 쳐 다보자 물은 이미 진성이 목까지 차올라 있었다. 나는 조급 한 마음에 서둘러 진성이의 어깨를 밟고 위로 향했다. 어깨 를 밟고 일어서자 훨씬 수월했다. 나는 좁은 통을 비집고 겨우 위층으로 올라갈 수 있었다.
올라오면서 여기저기 까인 상처들로 아팠지만 그런 걸 신경 쓰고 있을 여력 따위 없었다. 나는 올라서자마자 돌아서 진성이에게 손을 뻗었다. 물은 이미 진성이의 입까지 올라와 있었다.

"진성아, 서둘러!"

나의 외침에 진성이는 고개를 끄덕이며 나에게 손을 뻗었다. 나는 진성이의 손을 잡고 힘껏 위로 끌어올렸다. 하지만 나보다 덩치도 큰 데다가 물까지 머금은 진성이를 올리기란 여간 쉽지 않았다. 나는 온 힘을 다해 진성이를 끌어올렸다. 그러자 조금씩 진성이가 올라오기 시작했고, 곧 진성이는 자신의 팔로 입구를 붙잡을 수 있었다.

"됐다!"

진성이가 통 입구를 자신의 팔로 붙잡자 나는 안심하며 다시 진성이를 끌어올리려고 했다. 진성이도 할 수 있겠다 싶었는지 힘을 내 올라오려고 하고 있었다. 하지만 그 순간 진성이는 무엇을 봤는지 얼굴이 하얗게 굳어 버렸다. 그리고는 나를 쳐다보며 웃었다. 나는 순간 오싹한 느낌을 받으며 두려워졌다.

"······왜, 왜? 왜 그래? 빨리 올라와, 진성아. 응?"

"······먼저 가······."

진성이의 그 말이 채 끝나기도 전에 어디서 시작되었는지 알 수 없는 파도가 진성이를 휩쓸고 가 버렸다.

"아악! 진성아! 진성아!"

나는 소리쳐 진성이를 불렀지만 아무런 대답도 들을 수 없었다. 방금 전만 해도 매달려 있던 구멍에서는 진성이 대신 바닷물만이 차오르고 있었다.

"으아아아아아! 진성아, 진성아!"

나는 울부짖으며 진성이를 불렀지만 진성이의 모습은 어디에도 보이지 않았다. 하지만 그럼에도 차오르는 바닷물로 인해 나는 그 자리에서 일어났다. 차오르기 시작하는 물이 두려웠기 때문이었다. 나는 올라가는 계단을 향해 가면서 몇 번이나 구멍 쪽을 뒤돌아보고 진성이를 불렀다.

"진성아······. 진성아······. 진성아······. 미안해. 미안해……."

　나는 이미 보이지 않는 진성이에게 연신 사과를 하며 갑
판 쪽을 향했다. 진성이를 잃었다는 충격과 죄책감에 이미
반쯤 정신을 놓은 채로 오로지 갑판 쪽만을 향해 달렸다.
흔들거리는 배로 인해 여기저기 부딪혀 머리와 팔에서 피가
나오고 있었지만 나는 아픈 것도, 피가 나오는 것도 모르고
있었다. 그저 오로지 위를 향해 달릴 뿐이었다.
　얼마나 달렸을까. 푸른 하늘이 보이기 시작했고, 밖엔 구
조선이 도착해 한창 구조가 진행되고 있었다. 내가 피투성
이로 올라오자 나를 발견한 구조원은 내게 뛰어와 얼른 대
피하라고 말했다. 나는 그 구조원을 붙잡고 소리쳤다.

　"아, 안에 진성이가, 진성이가 있어요. 우식이도, 윤철이
는 나왔나요? 제발 친구들 좀, 친구들 좀 구해주세요."

　나는 울면서 매달렸다. 하지만 구조원은 내 말을 무시한
채 나를 끌고 구조선으로 데려가고만 있었다.

　"못 가, 안 가! 저 안에 친구들이 있어요. 친구들이 있다
고!"

내가 팔을 끌며 못 간다고 버티자 구조원은 내 어깨를 붙잡고 나를 정면으로 바라보며 소리쳤다.

"저 안은 이미 물이 차서 못 들어가! 안에 있는 사람들은 이미 늦었어. 구할 수 없다고! 너라도 살아나온 걸 다행인 줄 알아!"

나를 똑바로 쳐다보며 소리치는 구조원의 말에 머릿속이 멍해졌다. 다른 말은 귀에 들어오지 않았다. 오직 '이미 늦었어.'라는 말만이 계속해서 내 머릿속을 맴돌고 있었다. 그렇게 난 정신을 잃었다.

내가 다시 눈을 뜬 건 일주일이 지나고 나서였다. 내가 눈을 뜨자 엄마와 여동생은 나를 붙잡고 울고 있었다. 그리고 뉴스에서는 사상자가 100여 명을 넘어가는 숫자를 알리며 사상 최악의 사고라는 소식을 전하고 있었지만, 나는 무언가가 끊어져 버린 듯 뉴스를 나와 상관없는 소식처럼 바라보고 있었다. 내 손을 보면서 무언가를 놓쳐 버린 것 같았지만 그게 무엇인지 제대로 기억해 내지 못했고, 그저 멍한 기분으로 떠먹여주는 죽을 먹으며 몸을 회복하고 있었다.

시간이 지나면서 나는 점차 회복되어 갔고, 세상도 그 사건을 잊어버린 듯 점차 잠잠해져 갔다. 그저 뉴스를 통해 피해자 유가족들의 시위 현장만이 간간이 들려올 뿐이었다. 그렇게 나 역시 세상과 함께 흘러갔다. 나이를 먹어 갔고, 세상의 의지에 거스르지 않고 많은 걸 잊고 하루하루를 살아갔다. 처음부터 그런 날이 없었던 것처럼 그렇게 살아갔다. 그렇게 시간은 참으로 빠르게, 그리고 무정하게 흘러갔다.

나에게 그 사건은 잊힌 게 아니었다. 스스로 잊은 것이었다. 처음부터 없었던 일로 여기며 아예 머릿속에서 없던 시간으로 만들었다. 지우려 했다. 진성이를, 우식이를, 윤철이를. 나의 시간 속에서 지워 버렸다.

그래야만 할 것 같았다. 그래야 살 수 있을 것 같았다. 아무도 나를 비난하진 않았지만 스스로 자신을 용서할 수 없었다. 녀석들을 지우지 않고 계속해서 자살을 기도하며 살수는 없었다. 그래서 살기 위해 녀석들을 기억에서 지웠다. 처음부터 없었던 것으로 만들었다.

그렇게······5년이 지났다.

"야, 무슨 책 보냐?"

진성이는 나에게 커피를 건네며 옆자리에 앉았다. 나는 살짝 미소를 지으며 책을 덮고 진성이가 건네는 커피를 받았다.

"그냥……."

나는 읽고 있던 책을 들어 책 제목을 진성이에게 보였다.

"부활……. 네빌……. 고다드? 뭐 이리 어려운 책을 보냐? 넌 틈만 나면 책 보더라? 책이 그리 좋냐? 난 책만 보면 잠 오던데."

나는 책을 옆에 놓아두고는 커피를 한 모금 마시며 말했다.

"책이 좋기도 한데……. 꼭 알고 싶은 게 있거든."
"그게 뭔데? 이 몸이 알려 줄게!"

나는 그런 진성이를 웃어넘기고 커피를 양손으로 감싸 쥐며 말했다.

"세상에 진리가 있다면……. 그 진리는 과연 무엇일까……하는 생각?"

"……."

"신은 있는 걸까? 우리는 왜 태어난 걸까? 누군가는 왜 아프고, 누군가는 왜 부유할까? 우리가 이 땅에서 해야 하는 건 뭘까? 단지 일하고 돈을 벌기 위해?"

"……음……. 나도 책을 좀 보고 알려 줘도 될까?"

나는 피식 웃으며 말했다.

"내가 어릴 때부터 몸이 약했잖아. 죽을 고비를 넘긴 적도 있었고. 그러면서 어릴 때부터 그냥 좀 막연하게 그런 질문들을 계속 품어 왔던 거 같아. 원망 비슷하게? 그런데 지금은 진심으로 알고 싶단 생각이 들어. 신이 있다면 우리를 왜 만든 건지. 우리가 무엇을 하길 바라는 건지……."

진성이는 진지한 나의 말투에 더는 장난을 치지 않았다. 유치원 때부터 친구였던 진성이는 나의 힘들었던 과거를 다 알고 있었기에 나의 물음들을 어느 정도 이해하는 눈치였다. 나의 얘기에 진성이는 무슨 생각을 하는지 손으로 턱을 괴고는 한참 말없이 생각에 잠겼다. 그리고는 곧 다시 나를 바라보며 말했다.

"내가 알려 줄게. 지금 당장은 아니지만 내가 반드시 알려 줄게. 내년 되면 이제 대학도 가니까 대학 가면 알게 될 수도 있고……. 암튼 내가 책을 보든 대학 가서 교수한테 물어보든 언젠가 반드시 알려 줄게. 약속할게!"

나는 진성이의 말에 신빙성은 없다고 생각했지만 진지한 진성이의 말에 그저 고개를 끄덕였다. 오랜 시간 나를 지켜 준 친구의 말에 그저 말만이라도 고마운 마음으로 고개를 끄덕였다. 그리고 우리는 높고 푸르게 펼쳐져 있는 하늘을 지붕 삼아 나란히 앉아 커피를 마셨다. 옆에는 내가 놓아둔 네빌 고다드의 『부활』이란 책이 바람에 살랑거리고 있었다.

"야! 점심시간 끝나가. 안 들어가냐?"

진성이와 나를 보자 운동장에 있던 우식이와 윤철이가 큰소리로 우리를 부르며 들어가자는 손짓을 보냈다.

"들어갈 거거든?"

진성이가 큰 소리로 대답하면서 자리에서 점프하듯 일어났다. 그리고는 나를 바라보며 눈짓으로 가자는 신호를 보냈다. 나는 그런 진성이를 바라보며 고개를 끄덕였다. 그리고 책을 들고 자리에서 일어났다. 그 가을이 우리가 함께 보낸 마지막 가을이었다.

또 다른 시작

나는 친구들이 죽은 지 일 년이 지난 뒤에야 처음으로 그들 앞에 서 있었다. 늘 함께 웃고, 울던 그들은 이제 눈앞에 보이는 작은 항아리 속에 담겨져 있었다. 나보다 키도 크고, 체격도 컸던 녀석들이 이렇게 작은 항아리 속에 들어가 있는 것이었다.

"진성아……. 우식아……. 윤철아……."

나지막이 친구들의 이름을 불러 봤지만 이제 아무도 나의 부름에 대답해 주지 않았다.

"미안해……. 미안해……. 미안해……."

나는 고개를 숙였다.

"구해주지 못해서……너희를 잊어서……미안해……. 나
혼자 살아서……. 그리고……나 혼자라도……살겠다고 너
희를 지워서……미안해……. 미안해 애들아……."

눈물이 흘렀다. 잊었던 시간을 눈물로 채우기라도 하려는
듯이 계속해서 눈물을 흘렸다. 그렇게 한동안 고요한 그곳
에는 나의 울음소리만이 울리고 있었다.

* 일 년 뒤 *

"자, 갑니다. 하나."
"하나!"
"두울."
"둘!"

기다랗게 줄을 이어 나란히 선 사람들은 하나둘 구령을 붙여 가며 연탄을 나르고 있었다. 그렇게 모두가 자신의 자리를 지키며 한 시간이 넘도록 연탄을 날랐다. 그리고 그 속에는 나도 한 자리를 차지해 연탄을 함께 나르고 있었다.

"후우……. 좀 쉬었다 하시죠?"

팀장의 휴식 선언에 모두가 자신의 자리에 그대로 앉아 물을 마시며 휴식을 취했다. 나 역시 바닥에 주저앉아 건네 주는 물을 받아들고는 목을 축였다.

"캬아."

거친 숨소리를 내쉬며 내가 물을 마시자 20대 중반 정도로 보이는 옆에 앉아 있던 여성이 나를 보며 물었다.

"연탄 많이 날라 보셨나 봐요? 익숙하신 거 같던데……."

갑작스런 질문에 더 마시려던 물을 그냥 손에 든 채로 대답했다.

"아, 처음은 아니에요. 연탄은 이번이 8번째입니다."

"아아……. 저는 오늘 처음 왔는데……. 몸은 힘들어도 기분은 좋네요. 하하."

나는 말없이 미소를 지어 보였다. 그리고는 다시 물을 한 모금 들이켰다. 그런 나를 지그시 쳐다보던 그녀는 미소를 지으며 다시 물었다.

"봉사활동 많이 하시나 봐요?"

"아……. 네, 뭐……."

나는 계속되는 질문에 어색한 웃음을 보이며 답했다.

"좋은 분이시네요. 돕는 걸 좋아하시는 거 보니까."

나는 고개를 숙이며 말했다.

"좋은 사람이라서 그런 건 아닙니다. 단지……."

"단지?"

그녀는 눈을 초롱거리며 나를 바라봤다.

"그곳에 머물 때 제가 행복해지거든요. 누군가를 돕는 건 제가 행복해지고 싶은 제 이기심일 뿐입니다."

"……네?"

그녀는 무슨 소리냐는 표정을 지었다. 그리고 그 순간, 팀장의 휴식 종료 선언이 들려왔다.

"자, 이제 다시 시작합시다!"

팀장의 말에 사람들은 마시던 물을 정리하며 자리에서 일어나기 시작했다. 나 역시 마시던 물을 닫으며 자리에서 일어났다. 그리고 아직 앉은 채 나를 멍하게 바라보고 있는 그녀를 향해 웃으며 손을 내밀었다. 그녀는 나의 손을 잡고 자리에서 일어났다. 일어난 그녀는 고개를 갸우뚱거리며 자신의 엉덩이를 털었다. 그런 그녀를 보며 나는 슬쩍 미소를 지었고, 이내 고개를 들어 하늘을 바라보았다. 하늘은 높고 푸르렀다. 진성이와 바라봤던 그날의 하늘처럼.

"아아, 날씨 좋다. 그치?"

"어, 그렇네……."

나와 진성이는 커피를 마시며 공원의 벤치에 앉아 햇살을
만끽하고 있었다. 날씨가 좋아서인지 평일인 데도 유독 사
람들이 많이 나와 있었다. 우리는 벤치에 앉아 지나다니는
사람들을 구경하고 있었다. 그러다 갑자기 뒤에서 들려오는
큰 소리에 뒤를 돌아보았다.

"어어!"

우리가 돌아보자 벤치 뒤에 있던 큰 분수대의 난간에서
막 떨어지려 하는 아이의 모습이 보였다. 진성이와 나는 누
가 먼저라 할 거 없이 동시에 아이를 향해 몸을 던졌다.

첨벙!

"괜찮니?"

나와 진성이는 몸을 일으키며 아이에게 다친 데는 없는
지 확인했고, 아이는 괜찮은지 울먹거리며 엄마에게 돌아갔

다. 아이의 엄마가 우리에게 다가와 거듭 사과를 했지만 우리는 괜찮다며 분수대에서 빠져나왔다. 아이의 엄마가 아이를 혼내며 돌아가는 뒷모습을 보고서야 우리는 서로의 몰골을 확인했다.

"풋……."
"큭, 크하하하."
"하하하하하."

우리는 그렇게 한참 서로를 보며 웃어댔다. 그렇게 눈물이 날 만큼 한참을 웃고서야 우리는 돌아가려 했다. 그때, 진성이가 갑자기 주위를 둘러보고는 어디론가 뛰어갔다. 나는 의아해하며 진성이를 바라봤다. 진성이는 공원 한편에 있던 아저씨에게로 다가가더니 무슨 얘길 건넸고, 그리고는 나에게로 다시 뛰어왔다.

"왜? 무슨 일이야?"
"우리 사진 찍자!"

진성이는 즉석 사진 촬영을 해주시는 아저씨에게 사진 촬영을 부탁하고 온 것이었다.

"이것도 기념이잖아. 이미 돈 주고 왔어. 찍자!"

　진성이는 어깨동무를 하고 카메라를 들고 온 아저씨를 향해 웃으며 브이 자세를 취했다. 나 역시 이내 웃으며 카메라를 바라보며 웃으며 브이를 취했다.

"자, 찍습니다. 하나, 두울, 셋!"

저는 다섯 살 때부터 투병 생활을 해야 했습니다. 그리고 그렇게 시작된 투병 생활은 지금까지도 이어져 벌써 25년을 넘어가고 있습니다. 그동안 죽을 고비도 몇 번을 넘겼고, 인간답지 못한 삶을 영위해야 했던 시간도 있었습니다. 손가락 하나 까닥할 수 없어 누워만 지내야 했던 시간들이 꽤 길었던 탓이었죠. 그 무렵 저는 누워 있는 채로 계속해서 생각했습니다.

'왜 하필 내가 이런 삶을 살아야 하는 거지?'

'신이 있다면 왜 내게 이런 고통을 주는 거지?'

'천국은 있을까?'

'나는 무엇을 위해 태어났을까?'

'진리는 존재할까?'

이런 생각들은 오랜 시간 저를 괴롭혔습니다. 나중에 몸이 많이 호전되면서 조금씩 사람답게 살아갈 수 있었을 때도 이런 질문들은 저에게 풀리지 않는 갈증들로 남아 있었습니다. 그래서 절에 들어가 살아 보기도 하고, 교회에서 제자 훈련을 받아 보기도 하면서 나름대로의 답을 찾으려고 했습니다. 종교서적과 자기계발서, 철학에 관련된 책을 찾아보기도 하면서 말이죠. 하지만 그럼에도 저의 오랜 갈증은 쉬이 풀리지는 않았습니다.

그러던 어느 날, 저는 깊은 기도를 올렸습니다. 이 모든 것을 창조한 신이 있다고 믿으며 말이죠. 기도는 여느 날과는 다르게 깊어져 갔습니다. 울분을 토해내며 화를 내듯, 신에게 따지듯 기도를 올렸습니다. "당신이 과연 존재한다면 왜 내가 그렇게 힘들 때 내 곁에 없었습니까?"라며 말이죠. 몇 시간이 흐를 만큼 저는 오랜 시간을 그렇게 신에게 울부짖었습니다. 그리고 가슴을 부여잡고 울면서 바닥에 쓰러졌습니다. 그럼에도 답이 없는 신을 원망하며 말이죠. 그렇게 제가 바닥에 눈물을 흘리며 쓰러진 순간 신은 제게 이렇게 대답해 주셨습니다.

"나는 언제나 네 곁에 있었느니라."

신은 단지 그 한마디를 제게 남겨 주셨지만 저는 그 물음의 모든 것을 이해할 수 있었습니다. 그 한마디에 모든 것이 담겨 있었음을 알 수 있었습니다.

이 책에서 주인공의 이름은 나오지 않습니다. 그것은 이 책의 주인공이 찾는 답은 우리 모두가 알고 싶어 하는 답이고, 주인공의 상처는 우리 모두 누구나 갖고 있는 상처이기 때문입니다.

이 책의 주인공은 당신입니다. 이 물음은 당신의 물음이고, 이 상처는 당신의 상처입니다. 주인공이 잊으려 했던 시간만큼 당신에게도 잊고 싶은 시간이 있고, 주인공에게 마지막까지 답해주고 싶어 한 친구가 있듯이 당신에게도 그런 소중한 사람은 있습니다. 그리고 그럼에도 주인공이 다시 시작하듯이 당신도 그 어떤 일에도 다시 시작할 수 있습니다.

우리는 모두 신의 사랑입니다. 사랑의 존재입니다. 우리가 사랑이 아닐 수는 없습니다. 상처받고, 버림받고, 주저앉더라도 우리는 사랑입니다. 저도 당신도 그러합니다. 어디에 누구와 무엇으로 상처를 받은 사람이라 할지라도 당신

은 소중합니다. 내가 그러하듯 당신도 그러합니다. 그러니
자신을 소중히 여기세요. 당신 역시 신의 사랑이자 우리의
사랑이니까요.

기억하세요. 신이 빛을 사랑하여 빛의 간절한 기도를 들
어주신 것처럼 당신이 지금 아픈 것은 당신이 유독 사랑스
럽기 때문이란 걸.

우리 모두는 존재 자체가 사랑입니다

– 권선복(도서출판 행복에너지 대표이사,
대통령직속 지역발전위원회 문화복지 전문위원)

바쁘게 살아가는 일상 속에서 문득 인생의 의미에 대해
고민할 때가 있습니다. '나는 무엇을 위해서 태어난 것일
까?', '나는 어떤 목적을 위해 살아가는 것일까?'에 관한 질
문을 누구나 한번쯤은 던져보게 됩니다. 그리고 인생을 살
아가면서 수많은 사건과 마주하지만 간혹 인간의 상식으로
는 도무지 이해할 수 없는 일들이 발생합니다. 그럴 때 우리
는 그 의미를 찾기 위해 종교나 철학에 심취하여 답을 찾고
자 합니다. 역사적으로 수많은 성현들이 진리를 찾고자 각
고의 노력을 기울였던 것 또한 그러한 의문에서 시작된 일
일 것입니다.

서상우 저자 역시 그러한 인생의 해답을 찾기를 갈망했던 한 사람입니다. 저자에게는 다섯 살 때부터 25년 이상의 기나긴 투병 생활을 해야 했던 아픔이 있습니다. 과연 '신'이 있다면 어째서 이런 고통이 왔을까 하는 생각을 계속하면서 종교와 철학을 통해 진리를 찾고자 많은 노력을 했습니다. 그럼에도 불구하고 아무런 답이 없는 '신'이 원망스럽기만 하던 찰나에 기도를 하던 중 저자는 깨닫게 됩니다. 기쁠 때나 슬플 때나 '신'은 항상 곁에 있었음을 말입니다.

　『압둘라와의 일주일』은 압둘라라는 인물을 통해 인생의 난제들을 풀어가는 형식을 취하고 있습니다. 무엇보다 그 어려운 문제들을 논리정연하게 풀어나가면서도 계속 우리는 사랑의 존재임을 강조한다는 점이 너무나 크나큰 위로로 다가옵니다. 비록 아픔과 상처만이 가득한 인생일지라도 소중하지 않은 사람은 이 세상에 아무도 없습니다. 왜냐하면 우리 모두는 존재 자체가 사랑이기 때문입니다. 사랑이 크기 때문에 지금의 아픔이 허락된 것인지도 모릅니다. 바로 이 책이 사랑을 전하는 메신저가 되기를 기대해보며 모든 독자들의 삶에 행복과 긍정의 에너지가 팡팡팡 샘솟기를 기원드립니다.

제4차 일자리 혁명
박병윤 지음 | 15,000원

JBS일자리방송의 박병윤 회장이 전하는, '일자리 혁명을 통해 선진국으로 도약할 대한민국의 청사진'을 담은 책이다. 현재 대한민국의 일자리 문제가 현 정부에서 추진하는 창조경제 정책이 올바로 시행되지 않고 있음에서 그 원인을 찾고 '방통융합 활용 일자리창출 콘텐츠'의 실행을 통해 일자리 혁명을 일으켜 해결책을 찾을 것을 제안하고 있다.

금융회사의 내부통제
김양권 지음 | 25,000원

선진은행들은 우리나라보다 더한 성과주의 문화 속에 살고 있지만 그들의 금융사고는 우리보다 훨씬 적다고 한다. 이 책은 그 이유는 무엇인지를 세심히 살펴보고, 오랫동안 선진국의 금융관행을 보고 배웠음에도 우리 금융회사들이 놓치고 있는 것에 대해 제시한다.

귀뚜라미 박사 239
이삼구 지음 | 17,000원

저자는 '귀뚜라미'가 지금의 대한민국 실정에 가장 적합한 미래인류식량이라고 강력히 주장한다. 단백질, 비타민, 무기질, 불포화지방산 등 영양소가 풍부하게 함유되어 있기 때문이다.이렇게 영양학적으로 완벽하고 환경친화적인 귀뚜라미는 향후 발생할 식량위기에 대처하는 데 최적의 상품임을 이 책은 말하고 있다.

신입사원은 무엇으로 성장하는가
홍석환 지음 | 15,000원

저자는 30년 동안 인사 분야 전문가로 삼성, GS칼텍스, KT&G와 같은 대기업에서 근무해 왔다. 다양한 인사 경험과 이론을 쌓고 자신만의 컨설팅을 바탕으로 사회 내에서 자신의 자리를 공고히 하는 데 힘써온 사람이다. 그의 이러한 노하우가 담겨있는 인사교육 현장의 목소리에 우리는 귀 기울여야 할 것이다. .

사랑해야 운명이다
김창수 지음 | 값 12,500원

책 『사랑해야 운명이다』은 2015 한국HRD대상 명강사 부문 대상 수상자이자 희망아카데미 대표인 김창수 저자의 '세상을 향한 따뜻한 사랑을 담은 시집(詩集)'이다. 독자의 마음에 깊은 흔적이 아닌, 가만히 가져다대는 따뜻한 손과 같은 온기를 전하며 "살아 있는 한, 희망은 유효하다."라는 평범한 진리를 진솔한 목소리로 노래한다.

리콴유가 말하다
석동연 번역 · 감수 | 값 17,000원

이 책은 하버드 대학의 그래엄 앨리슨 교수, 로버트 블랙윌 외교협회 연구위원이 리콴유 전 총리와의 인터뷰, 그의 저서와 연설문을 편집하여 출간한 책이다. 총 70개의 날카로운 질문에 리콴유는 명쾌하고 직설적이며 때로는 도발적으로 답변한다. 도처에 실용주의자로서의 그의 진면목이 잘 드러나 있으며 깊이 있는 세계관과 지도자관을 음미할 수 있다.

대한민국을 읽다
김영모 지음 | 값 15,000원

『대한민국을 읽다』는 1934년부터 1991년까지의 대한민국, 그 생생한 역사의 주요 현장을 도서와 문서 자료를 통해 들여다본 책이다. 25년 가까이 국회도서관에서 근무를 했고 출판사의 대표직을 맡으며 평생 책과 함께해 온, 지금도 산더미처럼 쌓인 책의 틈바구니에 간신히 몸을 밀어 넣어 책과 씨름하고 있는 한 독서인의 뜨거운 열정을 고스란히 담고 있다.

도담도담
티파니(박수현) 지음 | 값 15,000원

『도담도담』은 종로 YBM어학원에서 16년째 강의를 하고 있는 인기강사 '티파니' 박수현이 2030 청년들에게 들려주는 행복의 메시지다. 때로는 두 손을 꽉 붙잡고 어깨를 도닥여주는 위로를, 때로는 정신이 번쩍 들게 하는 일침을, 때로는 경험에서 진득하게 우러나온 조언을 친근한 언니 혹은 누나의 목소리로 전하고 있다.

천국 쿠데타(1, 2권)
민병문 지음 | 각 권 값 15,000원

소설 『천국 쿠데타』는 '천국'을 배경으로 우리에게 친숙한 성경 속 인물과 안중근, 정약종 같은 역사적 인물들을 등장시켜 색다른 재미를 안겨준다. 문학만이 펼칠 수 있는 독특한 상상력의 세계가 펼쳐짐은 물론, 종교라는 무거운 주제를 인문학적으로 접근하며 독자의 가슴에 깊은 감동을 새겨주고 있다.

갈 길은 남아 있는데
김래억 지음 | 값 25,000원

책 『갈 길은 남아 있는데』는 격동기에 태어난 한 사람이 역사의 비극 가운데에서 고뇌하며 조국의 근대화에 대한 열망을 품고 축산업과 대북 사업에 일생을 바치며 산업역군으로 성장해가는 과정을 담고 있다. 남북을 넘나들며 통일의 물꼬를 트고자 노력했던 저자의 헌신이 감명 깊게 다가온다.

헌혈, 사랑을 만나다
이은정 지음 | 값 15,000원

이 책은 저자가 혈액원에서 근무하며 만났던 수많은 헌혈자들과의 소중한 일상을 담은 책이다. 매혈에서 헌혈에 이르기까지 겪었던 파란만장한 역사 이야기, 우리가 잘 몰랐던 의학적인 관점에 근거한 혈액형 이야기, 그리고 헌혈과 관련된 수많은 감동적인 이야기로 구성되어 있다.

공공의 적
남오연 지음 | 값 9,000원

이 책은 법조계를 경제학적인 관점으로 재해석한 책이다. 저자는 법률시장이 오랜 기간 지니고 있는 문제점에 대해 당당히 일침을 가한다. 비록 짧지도 길지도 않은 10년이란 경력을 지녔지만, 누구보다도 냉철하게 법률시장의 논리를 꿰뚫고 있고 그 원리를 바탕으로 혁신적인 해결책을 제시하고 있다.

1598년 11월 19일 - 노량, 지지 않는 별
장한성 지음 I 값 15,000원

현재 공인회계사이자 세무사로 활동 중인 장한성 저자의 두 번째 장편소설이다. 고증을 바탕으로 한 이 팩션Faction은 현재 우리 대한민국에서 살아가는 모든 이들에게 삶의 진정한 의미는 무엇인지, 이 혼란한 시대를 이겨낼 힘은 과연 무엇인지에 대해 이순신 장군의 삶을 그려내며 진지하게 묻고 있다.

생각과 말과 행동의 방정식
윤영일 지음 I 값 15,000원

『생각과 말과 행동의 방정식』은 행복으로 가는 길, 참된 이정표가 될 만한 깨우침을 가득 담은 책이다. 동서양의 고전과 선지자들의 일화에서 옥구슬같이 빛나는 혜안과 통찰을 뽑아내어 따뜻한 필치로 잔잔히 이야기를 풀어 나간다.

부모의 변화가 아이를 살린다
박영곤 지음 I 값 15,000원

책 『부모의 변화가 아이를 살린다』는 늘 아이 걱정에 고민이 많은 부모들이 스스로 긍정적으로 변화해야 자녀의 삶 역시 행복에 한걸음 더 가까워질 수 있음을 깨닫게 하는 '멘탈 혁신 자녀교육서'이다. 또한 세부적인 멘탈코칭 Tip을 제시하여 부모들이 아이 교육에 바로 활용이 가능하도록 구성되어 있다.

사랑은 왜 낮은 곳에 있는가
이우근 지음 I 값 15,000원

책 『사랑은 왜 낮은 곳에 있는가』는 근래 대한민국의 부끄러운 현실을 엄정히 그려내면서도 미래에 대한 기대와 희망을 놓지 말아야 한다는 격려를 한꺼번에 담아낸 칼럼집이다. 우리 사회가 안고 있는 난제들을 어떠한 방식으로 풀어내야 하는가에 대해 때로는 차분하게, 때로는 속이 시원하게 전하고 있다.

남북의 황금비율을 찾아서

남오연 지음 | 값 16,000원

책 『남북의 황금비율을 찾아서』는 통일이란 쟁점을 화폐경제의 관점에서 접근하고 연구한 책이다. 한반도 내에서만이라도 북한 화폐가 명목지폐에서 벗어나 실물화폐의 역할을 할 수 있는 시스템을 고민하고, 이로써 통화의 부가가치, 즉 남북한 내 새로운 일자리 창출과 실질적 경제통합의 물꼬를 틀 수 있는 방안을 제시하고 있다.

통하는 말 통하는 글

김철휘 지음 | 값 15,000원

『통하는 말 통하는 글』은 '현직 연설비서관'의 풍부한 현장 경험과 연구를 통해 '말과 글'의 개념과 올바른 사용법 그리고 연설과 인터뷰의 기법까지 '공(식)적인 소통'을 위한 수준 높은 노하우를 담아낸 책이다. 누구나 교육과 훈련을 통해 충분히 우리 사회에서 인정받을 만한 말하기, 글쓰기 수준을 갖출 수 있음을 설득력 있게 전하고 있다.

위대한 경쟁

정태영 지음 | 값 15,000원

『위대한 경쟁』은 치열한 업무 현장에서 체득한 실용적 노하우들로 가득하다. 여타 자기계발서와는 달리 경쟁 상황에서 승리할 수 있는 역량과 스킬에 초점을 맞추며 경쟁자보다 비교우위의 위치에 우뚝 설 수 있는 방법을 명쾌하게 제시하고 있다. 이 위대한 경쟁에 뛰어들어 행복을 성취하는 첫걸음을 내딛어보자.

직원이 행복한 회사

가재산 지음 | 값 18,000원

『직원이 행복한 회사』는 '한국형 인사조직 연구회'에서 심도 있는 연구 끝에 선별한 '한국형韓國型 GWP' 현장 사례를 소개한다. 이 책에 소개된 기업들은 입사제도와 연봉과 복지, 경영과 기업문화 등에서 일반인들이 언뜻 생각하기 힘든 파격을 선보이며 사람 중심의 인본주의 경영을 몸소 실천하고 있다.

아빠와 딸

정광섭 지음 | 값 15,000원

사랑의 부재가 당연시되는 시대. 각종 불화와 광기가 맞닥뜨려 이 시대엔 아픔도 그 절망의 목소리를 내지 못한다. 저자는 자신의 실화를 담담히 이야기하며 이 불변하는 시대를 극복하고자 그 대안으로서 아버지의 사랑, 즉 사랑의 이름으로 가장 존귀한 부모의 사랑을 내놓은 것이다.

아들에게 전하는 아버지 이야기

글 심재훈 지음 | 값 15,000원

서울시 공무원으로 평생을 살아온 저자의 인생 이야기를 넘어선, 우리 아버지 세대의 애환과 혜안을 담은 책이다. 세상의 모든 아버지라면 반드시 공감할 만한 이 이야기들은 우리 자녀들이 한번은 꼭 귀담아 들어야 할 소중한 조언이며, 이 버거운 세상을 이겨내고 꿈과 행복을 성취하게 하는 지혜다.

문화예술 리더를 꿈꿔라

이인권 지음 | 값 15,000원

『문화예술 리더를 꿈꿔라』는 폭넓은 경험과 이론을 연마하여 글로벌 경쟁마인드를 체득한 이인권 한국소리문화의전당 대표의 '문화예술 경영서'이다. 공공 문화예술기관의 단일 최장 경영자로 대한민국 최초 공식기록을 인증받기도 한 저자의 모든 노하우가 담긴 만큼 이 책은 알찬 정보와 혜안으로 가득하다.

두 다리는 두 명의 의사다

배근아 · 신광철 지음 | 값 15,000원

『두 다리는 두 명의 의사다』는 신체의 건강을 인문학과 자기계발의 관점에서 바라본 독특한 건강관리서이다. 100세 시대, '다리 건강'이 사람들의 장수長壽를 어떻게 책임지는지 살펴본다. "신체는 통섭의 산물이다."라는 전제하에 다리 건강의 유지, 그 중요성과 방안을 함께 제시한다.